阿浅来了

女实业家广冈浅子的一生

広岡浅子の生涯

土佐堀川

[日] 古川智映子 著

王春燕 译

人民文学出版社

著作权合同登记号　图字 01-2020-7288

SHOSETU TOSABORIGAWA-
JYOSEI JITUGYOKA HIROOKA AKAKO NO SYOGAI by Chieko Furukawa
Copyright © 1988, 2015 by
Furukawa Chieko
All rights reserved.
Original Japanese edition published by
USHIO PUBLISHING CO.,LTD., 2015
Chinese(in simplified character only)translation rights in PRC reserved by
Beijing Daheng Harmony Translation Service Ltd,
under the license granted by
Furukawa Chieko, arranged with USHIO PUBLISHING CO.,LTD., Japan.

图书在版编目(CIP)数据

阿浅来了:女实业家广冈浅子的一生/(日)古川智映子著;王春燕译.—北京:人民文学出版社,2021
ISBN 978-7-02-014703-8

Ⅰ.①阿… Ⅱ.①古…②王… Ⅲ.①传记文学—日本—现代 Ⅳ.①I313.55

中国版本图书馆 CIP 数据核字(2018)第 280758 号

责任编辑	陈　旻
装帧设计	陶　雷
责任印制	徐　冉

出版发行	人民文学出版社
社　　址	北京市朝内大街 166 号
邮政编码	100705
网　　址	http://www.rw-cn.com
印　　刷	三河市宏盛印务有限公司
经　　销	全国新华书店等
字　　数	168 千字
开　　本	787 毫米×1092 毫米　1/32
印　　张	9.375　插页 1
印　　数	1—8000
版　　次	2021 年 2 月北京第 1 版
印　　次	2021 年 2 月第 1 次印刷
书　　号	978-7-02-014703-8
定　　价	39.00 元

如有印装质量问题,请与本社图书销售中心调换。电话:01065233595

目 录

出场人物介绍 / 001

日照 / 001

女商人的家谱 / 014

银目废止 / 030

寒空 / 057

萌芽 / 081

虎口余生 / 99

燃烧的矿山 / 117

加岛银行的起步 / 138

堂堂女实业家 / 159

与成濑仁藏的邂逅 / 171

日本女子大学的创立 / 195

春天的暴风雨 / 210

大同生命的诞生 / 231

凤凰涅槃 / 248

连翘花开 / 262

"加岛屋万岁" / 278

出场人物介绍

广冈浅子

生于京都富商油小路①三井家(三井十一家②之一),系第六代掌门人三井高益的女儿。从小就具有商业头脑,人称血管里流着三井祖先高俊之妻"殊法大姐头"的血液,有她的遗风,具有成为女性实业家的潜质。长大后嫁到大阪的银两兑换所(钱庄)加岛屋广冈家,亲自冲在第一线,她的商业才干得以充分施展。在完成收购筑丰煤矿、设立银行及大同生命保险公司等大型事业后,又投身于女性高等教育的普及和废止娼妓的运动之中。

广冈信五郎

银两兑换所(钱庄)加岛屋的继承人,浅子之夫。性格温和稳重,年轻时兴趣广泛,过着轻松自由的生活。他一直温柔地守护着在商业道路上冲锋陷阵的浅子,使其能不留遗憾地

---

① 油小路是地名,指京都的油小路街,位于今京都市下京区。
② 三井十一家:三井家族联合体,由以男性直系亲属为核心的六个家庭(被称为"本家")及以女性亲属为核心建立的五个家庭(被称为"连家")组成。上有其决策机构"三井大元方",对三井的资产进行统一管理,各家按各自不同的比例分红。

在商界奋勇前行。

小藤

浅子的娘家油小路三井家的侍女,深得浅子信任。浅子嫁到加岛屋时,小藤随同前往,以便随时照顾浅子的起居。

阿春

浅子同父异母的姐姐。浅子出嫁到加岛屋时,阿春也同时嫁给了大阪的今桥天王寺屋。天王寺屋是大阪最具历史的大钱庄,但明治维新后,家道败落。

广冈龟子

浅子的长女。迎来了入赘女婿,夫妻俩成了加岛屋的顶梁柱。

广冈正秋

信五郎的弟弟。加岛屋开始涉足银行业时,他担任第一代银行长。

三井高喜

三井高益的义子,是比浅子年长二十六岁的义兄。高益亡故后,承担起浅子家长的职责,是浅子从商道路上的老师。具有远见卓识,曾担任三井十一家的总统帅"三井大元方"一职。幕府末期,三井家族因幕府强征暴敛御用金①而饱受其苦,高喜为三井家族的存续而奔波奋斗,秘密地向倒幕派提供资金援助。是三井银行的创始人。

---

① 江户时代,江户幕府和各藩因财政困难向商人及农民临时征收的金银。

三井高景

高喜的长子。与浅子只相差一岁。从小像亲姐弟一样一起长大。后来成为三井家的当家人,担任三井矿山公司的社长。

三井高长

出生于三井十一家之一的室町三井家。从小过着安逸享乐的生活。后来意外地发现他竟然在浅子买下的矿上做工。命运之神戏弄了他。

成濑仁藏

大阪梅花女校的校长。年轻时曾赴美留学,一生倾注于女子的高等教育事业。虽清贫却格高贵。他的人生目标是要在日本建立女子大学,得到了浅子的支持。

麻生正藏

在同志社英文学校师从新岛让学习,后成为京都同志社大学的教师。与成濑相识后成为其左膀右臂,与其一起为日本女子大学的设立而奔走。

涩泽荣一

实业界大亨。江户时代末期生于埼玉县富商之家,江户时代结束后开始专修学问。明治维新后,在大藏省任职,因与新政府实力派发生冲突而下野。他设立了第一国立银行等,被称为"银行之神"。浅子想涉足银行业时曾找其商量。

毛利友信

暴发户商人。加岛屋陷入资金困难时期,浅子曾去拜访他,希望能推迟还款时间,他总是推托不见。

五代友厚

萨摩①藩士②出身。幕府末期受所在藩之命前往英国留学。受留学时的所见所闻影响,在明治维新后走上了实业家的道路。为纺织业、矿山业、制盐业的发展尽心尽力,全力谋求大阪经济的繁荣与发展。与鸿池、三井等财阀一道建立了大阪商法会议所(现今的大阪商工会议所)。对试图进入矿业发展的浅子给予了鼓励和支持。

万屋

直到明治维新时止一直在大阪经营银两兑换所,是加岛屋的竞争对手。后来家道败落,来找浅子借钱,遭到了拒绝,怀恨在心,之后挑起了事端。

井上秀

浅子女儿龟子在女校的同学。喜欢做学问,希望做浅子的学生,还希望参观煤矿,做浅子的助手。曾在加岛屋住过一段时间,学习礼仪规矩,协助浅子的工作。是日本女子大学的第一期学生,毕业后又前往哥伦比亚师范大学、芝加哥大学学习,归国后任日本女子大学教授,后担任该大学校长。

〰〰〰〰〰

① 萨摩藩,正式名称为鹿儿岛藩,为日本江户时代的藩属地,位于九州西南部。
② 江户时代,从属、侍奉各藩武士的人称为藩士。藩士实际上指的是所有拥有藩籍的人士。但是,用藩士指代有"士格"的人的情况较多。江户时代初期,更多的是指担当军役的士兵;到了江户时代中后期,更多的是指官员。

木下栅子

浅子母亲的亲戚的女儿。作为最年轻的成员参加了在浅子别墅(御殿场)举办的夏季讲习会。

市川房枝

妇女运动家、政治家。在爱知县女子师范学校学习期间,参加了在浅子别墅举办的夏季讲习会,在那里受到了浅子的影响。

日　照

浅子出了加岛屋不久,就在渡边桥畔把所乘坐的轿子丢在了一旁。

阳光照射在堂岛河上,晃得令人刺眼。虽然日历上显示已经是秋天了,可大阪还是热得叫人难受。

"你们回去吧!"

"那怎么行呀,夫人千叮咛万嘱咐,让我们要照顾好您,少夫人,不得有一点闪失。"

随行的管家和女佣都不肯轻易听从浅子让他们回去的命令。

"小藤一个人留下陪我就行了,三个人都跟着我简直是浪费人手,在我们回家前,你们把其他工作做好不是更划算吗。"

浅子头也不回迈步就走。

这天可真热啊!脸上的汗珠子感觉像在往外喷。和服长长的袖子下面已经湿透了,贴身的内衣应该都能拧出水来了。

加岛屋确实陷入了困境,浅子心里想。浅子从京都富商油小路三井家嫁过来,马上就看出了加岛屋的内情。照这样下去,加岛屋早晚会走到尽头。所有的买卖都交给管家去打理,雇员们整日慢悠悠的,无端的浪费现象随处可见。

丈夫信五郎每日东游西逛,沉迷于歌谣乐曲及茶道等个人兴趣之中。可浅子坐不住了,她不希望加岛屋的买卖毁在自己这一代人手中。

"妈妈,我想今天上午去堂岛的米市场看看。"

早饭后,浅子得到了婆婆与祢的许可。

"你去吧!我让管家和女佣跟着你去,加岛屋的少夫人出门,就得让别人羡慕,就得让别人夸咱们漂亮,你穿上正式的和服出门去吧。对了,你穿那件有水边飞着萤火虫图案的沙罗振袖和服①吧。"婆婆一本正经地回答着。

加岛屋坐落在横跨土佐堀川的肥后桥前,从那里到堂岛只有眼睛到鼻尖这么近的距离。况且那里是威风凛凛的男人聚集在一起竞购大米的地方,浅子却被要求穿着振袖和服到那里去。始终受到富商丈夫的庇护、过着无忧无虑生活的婆婆与祢,她的言行有时真是与常识脱节。

---

① 振袖和服:袖子较长的一种和服。振袖一般仅限女孩儿和未婚女子穿着。振袖分为三个细目——小振袖(七十六厘米左右的袖)、中振袖(八十五厘米左右或更长的袖)、大振袖(长至小腿)。小振袖一般作为入学、毕业的礼服,中振袖则多用于新年、成人式、未婚女子出席正式场合,大振袖多用于婚礼。

"我就穿平常的衣服去,不行吗?"

"还是穿上漂亮和服,坐轿子去吧。"

与祢说完转身走开了。浅子开始更衣。如果这就是加岛屋的家风,那也是无可奈何的事。婆婆与祢并没有恶意,她只是想把自己最引以为豪的儿子的新媳妇装扮起来给外人看看。

对着镜子,浅子耸了耸肩,搞得整个像是大名①夫人出门似的。

事实上,最近屡屡看见那些财力尽失的大名当家们跑到钱庄来,屈膝躬身乞求的情景,可见各藩的金钱都已经见底,都在不断地向钱庄借钱,仿佛已经变成财大气粗的商人可以去羞辱武士的时代了。

浅子在桥头打发管家和女佣回家去,叫他们都回去交差,没必要白白跟着跑路。商人应该在这些细节上自律。

身边只剩下小藤后,浅子开始加速步伐。小藤是浅子娘家三井家的女佣中最讨浅子喜欢的,她寡言少语、诚实稳重、做事认真。浅子在众多女佣中挑选出小藤作为陪嫁女佣,和她一起嫁过加岛屋来。

"我都说了只是到附近转转,真没想到还有这么多麻烦事。是不是呀,小藤?"

"嗯。"

---

① 大名,指日本幕府将军的封臣,是日本古时封建制度对领主的称呼。

这个长袖子真是太碍事了。浅子迈着外八字步蹒跚地走着。在三井家时,浅子受到了严格的礼仪规范训练,但只有这个外八字的毛病始终没能改过来。也可以说,浅子从一开始就没想要改,对什么事都大大咧咧,讨厌各种繁文缛节,是浅子的真性情。

长长的振袖总往腿上缠,浅子把袖子在手腕上绕上两三圈,往肩上一扛。两个手腕都露在外面,和服的裙裾也被她扯开了些。

终于可以迈开腿大步走路了。加岛屋少夫人大步流星地走在前面,小藤一直气喘吁吁地跟在身后。在离开三井家之前,浅子的嫂子曾经很严肃地向浅子进行过一次训话。作为富商三井家的女孩出嫁后,决不能做出有辱名门之事,决不能做出粗鲁失态的行为。利和也曾反复叮嘱过小藤。

如果三井高喜的夫人利和看到浅子现在的样子,会怎么想呢?想到这里,小藤不禁打了个寒战。

"少夫人!那个……"

虽说是想规劝浅子,可惜小藤个子矮,和浅子之间已经拉开了一段距离,小藤拔脚奋力追赶。此时,小藤还为浅子打着一把遮阳伞呢,所以更得伸长了身子快跑。浅子不停地往前猛冲,阳伞对她已经失去了意义,可忠实的小藤还一直奋力地举着伞。

这种奇妙的组合,惹得大街上的行人都停下了脚步,忍不住回头看着这两个人。

在道路的一角,浅子终于停下了脚步。

"小藤,你快点,真热得受不了了!这种时候我还穿成这样!"

"加岛屋可是首屈一指的大钱庄,当然您就是到附近走走,也得穿得体体面面的啰。大家都说,这样的豪门,就算淀川的水干了,您加岛屋也倒不了!"

同是豪门,加岛屋与浅子出生的三井家真是很不一样。浅子的父亲高益去世后,其义子高喜继承了父业。三井家比起浮华的表面,更注重内涵。特别是浅子的义兄高喜,始终保持着理性的思维,能够敏感地捕捉到时代的变化。

"加岛屋并不像小藤想的那样富有,现在金库都快空了。"

"为什么呢?"

"以前借给大名的金银一次性都收回来了,所以库里堆满了能装一千两钱的千两箱。都说白白放在那里太可惜了,就又开始往外借了。"

"开钱庄的往外借钱,这不是理所当然的事吗?"

小藤不可能再往深处想了。可浅子的想法却很不相同,她总是有些不祥的预感。

拐过街角,她俩继续往前走。沿着堂岛川的河岸,建有一长溜米仓。两人躲进米仓之间的阴凉处稍事休息。此处的堂岛川河面很宽,但流速并不快。看着眼前广袤的风景,浅子的心绪也逐渐由阴转晴了。

在小藤的脑子里,利和所吩咐的决不能做出粗鲁失态行为的话,总是挥之不去。她的眼前,仿佛总是浮现出利和看到眼前情景后那张失去血色的脸。

"今天的天气真是比哪天都热,要不,咱们现在就回家吧?"

小藤想尽早把浅子带回加岛屋去。

浅子停住脚步,用和服袖子捂住了嘴。不知是不是刚才站在河边那一小会儿吹了凉风,她开始咳嗽起来。

"您不要紧吧,少夫人?"

"没什么啦,来加岛屋之前我就有些咳嗽,再加上临行前为各种准备忙碌,有些累着了。"

浅子又咳嗽了两声。

"躲开躲开,别碍事!女人来这种地方干什么!"

挑着货物的挑夫像哄狗似的,想把她二人哄走。

"你当我们是谁啊?失礼的家伙!"

浅子双手叉腰,凤眼圆睁,瞪着那个家伙大声喊道。一到这种时候,浅子的眼睛就变得特别大。

也许是被浅子愤怒的样子镇住了,挑夫挑着的米包上下猛地摇晃了几下,消失在米仓之中。

"少夫人,您那个袖子可不可以……"

"小藤,你跟在后面慢慢走吧,或者你先回家也行啊。"

原本小藤是想请她把和服长袖从肩膀上放下来,谁知浅子就像没听见似的。如果再说这些招她烦的话,自己反而也会被赶回家去的。怎么可能留她一个人在这种地方呢！小藤拼命地在浅子后面追赶。

大阪不愧是享誉全国的商品集散地，不光是大米，其他商品的仓库也很多。萨摩的砂糖，土佐、长门、岩见的纸张，阿波的蓝色染料，备后的榻榻米席面，土佐的柴鱼片，播磨和周防的盐，肥后、伊予的蜡等，都在货仓里囤积着。

这些商品都是通过一手批发商进行买卖，然后会将货款存到银号里去。很多银号也兼作银两兑换商及米商，其实加岛屋的经营内容中也包括"米方两替"①。

像这样管理存货的各藩的商人宅邸（兼货仓），在中之岛、土佐堀川、江户堀川沿岸随处可见。明历的时候只有二十五家左右，现在已经增加到一百五十家左右了。

浅子从渡边桥走到田蓑桥旁，继续向玉江桥方向走。她边走边眺望着大河的景色，突然，她调转方向开始往回走。

米市场就建在从渡边桥到大江桥一带。过去，一位名叫淀屋的豪商在大米批发商中最为有名，所以在其附近的北浜一带建起了米市场。该富商挥霍无度，穷奢极欲，竟然穿着平常人禁止穿的违制越级的里外纯白高档和服进进出出。此举惹怒了藩主，结果将其全部财产没收，使其彻底破

---

① 指大米贸易中发生的各种担保抵押金融服务，如依据大米买卖合同的委托代收款、以商品入库证明作为担保的短期贷款等。

产。此后,米市场就从北浜搬到了堂岛这个新地址。

"人可真多啊!"

小藤个子矮小,仿佛就快被淹没在人群中了。

市场里有很多男人,举着双手或一只手,用小手指比画着数字,叫喊着。

"小藤,你在哪儿呢?可别走丢了!"

浅子踮起脚尖,在人群中找到了小藤,一把牵住了她的手。

"少夫人,那个是干什么的呀?"

只见在交易所前面一所房子的屋顶上,建有一个小瞭望台,一个男子爬了上去,使劲地摇着一面白旗。

眼瞅着,又换了一面黑旗猛摇起来。

"又是黑,又是白的,怎么跟葬礼的颜色似的。"

"你说什么傻话呢,小藤! 那个是表示行情的暗号。"

"那个就是行情啊!"

"无论是江户、京都、大津,还是一直往南的下关地区,都是跟着堂岛的米市场波动的,所以必须尽早知道这边的行情。如果堂岛的大米都涨价了,他们那边还在便宜卖呢,那商人可就赔了。行情价格必须快速传达下去。所以,天气好的时候,就那样爬到高处去摇旗子,然后一个接一个地传下去。"

"是吗,这可真没想到!"

"旗子的信号能传到方圆三里的地方,所以每隔三里就有一个旗子的中转站,一直传到目的地。夜里很暗看不见的时候,就改用灯笼代替旗子。"

"真了不起!"

小藤佩服得不得了。

根据旗子的颜色及挥动的方式组成了几种信号内容。

"那下雨的时候怎么办呀?"

"你这个问题问得好!下雨天就使用信鸽传书啦。"

"鸽子?是那种鸟吗?这又是怎么回事?"

"鸽子有一种本能,不管身在何处,都能飞回自己的窝去。人们利用这一点,在它的腿上绑上文书,通过它传送书信。"

少夫人是什么时候积累的这么多知识啊,小藤心里佩服不已。

"哦,真长学问,我觉得我也变聪明了呢。"

小藤想看得更清楚一点,她一只手被浅子牵着,踮起脚尖伸着脖子使劲看。

"怎么样,小藤,这里是不是特有活力?做买卖特别有意思,是吧?连价格还没定好呢,就有这么多人争着来买。商人必须要对数字特别敏感才行,虽说咱们是女人,可如果不会算数,那就肯定会被甩在后面了。"

浅子始终认为,今后女子也不能对数字漠不关心。

"你们戳在这里,真碍事,躲开!"

捐客们黑着个脸怒吼着,竞买市场中充满了激烈而严肃的气氛。

两人就此离开了米市场。

当晚,浅子把从三井娘家带来的行李翻来捣去,找出一本书,入迷地读了起来。信五郎叫了她几次,她都没听见。

"信五郎少爷,站商,是什么呀?"

"别理我!我刚才叫你半天你都不瞧我。"

性情温和的信五郎虽然嘴上这么说,但很快就情绪好转了。他看了一眼浅子手指的地方,是描写搬到堂岛前的北浜米市场热火朝天景象的文字,上面写着那里是日本第一的交易市场,只一刻的工夫就有五万贯的站商。浅子所读的书,是井原西鹤所著的《日本永代藏》。

"所谓站商,也叫空米行情,就是说,即使手头并没有大米,也可以通过钱庄进行大米买卖的一种做法。"

"呦,还真没听说过。"

浅子继续读下去。书中写道,在转瞬之间,千石万石的大米就交易出去了,这与白天看到的堂岛市场的真实景象重合在了一起。

"我真的下定决心想学做买卖,您教我好不好?"

浅子来到信五郎面前,恳求道。

虽说加岛屋现在很是繁盛,可一看到店里那种没有章法的样子,浅子总还是有些担心。

"你不用操心买卖上的事,有总管和大伙呢。"

信五郎漫不经心地回答道。

"人手太多也是问题,我觉得应该把多余的人裁掉,否则经费太高了。小问题越积越多,最后就变成大问题了。"

"你最好别那么小气,别总说那些芝麻粒大的事,凭咱们加岛屋的身家,还在乎那点儿嘛。"

"我感到可怕的,是店里那种小事都不当回事儿的没有章法的样子。店里的伙计耽误了事儿,也没人追究,大家就都糊弄过去了。"

浅子反复央求信五郎,说她一定要了解目前加岛屋生意的情况。信五郎被逼得没办法,只好把过去的总账本拿了过来。

上面明确记载着借给大名们的银两账目。上栏记着借出的金额,下栏记着藩名、偿还日期、利息等。

"咱们往出借了这么多钱呐!这些借款总额加起来可真有不少贯呢!"

"总账只有这些本吗?还有没有其他的了?"

浅子先把目光落在借钱人的藩名上。

尼崎藩、名古屋藩、高槻藩、臼杵藩、津山藩、姬路藩、鲭江藩、明石藩、和歌山藩、三上藩、中津藩、津和野藩、越前藩。里面不乏像加贺藩那样的借款大户。

似乎很难一下子就厘清了,浅子决定好好整理一番。

"我用算盘算一下。"

"那好吧,我来给你念。那个,从尼崎藩开始吧。"

尼崎藩最早的那笔借款,是天明八年申正月的。天明八年①,正好是在那场大饥荒之后。大概当时藩财政陷入了困境吧,之后又不断有多次小笔借款。浅子用算盘把未偿还部分算了一算。

"银二十四贯,加上银三十五贯,加上银十五贯。"

刚才浅子逐一查阅时,发现有的藩一次就借款几百贯。可尼崎藩每次借款的数额都不大,可次数特别多,加起来也是一笔不小的数目。

白天的暑气还弥漫在屋子里,浅子的额头渗出了豆大的汗珠子。她连擦汗都顾不上,手指飞快地在算盘上拨动着。

"我受不了了,今天就到这里吧!"

信五郎半道终于叫出声来,他率先逃到里屋睡觉去了。

浅子看着眼前堆积如山的总账本,毫无睡意。假如这些账本还只是一部分的话,那加岛屋借出银两的总额可真是个大数字啊。今晚就到这里吧。她虽这么想,可白天在堂岛看到的活力四射的场景总是不断在眼前浮现,使得她想睡也睡不着。她决定再干一会儿。一直到东方的天空露出了鱼肚白,浅子还在打着算盘。

待告一段落,浅子利用早饭前短短的时间躺了一小会儿。一阵剧烈的咳嗽,浅子的身体深深地陷进被子里,重重

---

① 公元一七八八年。天明是日本的年号之一。在安永之后,宽政之前,指一七八一年到一七八八年的期间。

的疲劳感向她袭来。

从堂屋市场回来的第二天起,有关加岛屋少夫人和服袖子之类的风言风语就开始在从江户堀到北浜一带广泛传播开来,甚至有同业竞争者造出了此人疯狂应该远离之类的谣言。虽说是婆婆让自己这么穿的,但听到这些话的浅子,心中涌出一股难以抑制的想与之一争高下的心态。

"和服的袖子怎么啦?这些多管闲事的人!我想怎么穿就怎么穿!"

讲别人坏话的人,不但自己得不到一文钱的好处,还把自己的人格降低了。加岛屋是大阪第一的豪商,从我这一代起,我要成为日本第一的商人。在浅子的心中,愤愤然燃烧起这一股敌忾之心。

女商人的家谱

浅子想从商的决心,超出了一般人所能想象的程度。随着时间的流逝,和服袖子狂人的污名也烟消云散,人们反而纷纷赞扬她不愧是从豪商三井家嫁过来的出色的好女儿。

浅子于嘉永二年(一八四九年)出生于京都油小路三井家。油小路三井家,别名也叫做出水家。祖先三井高俊原是一名武士。其子高利算上两名义子共有十一个孩子,分家后号称三井十一家。浅子所出生的出水家,是高利的第十个儿子高春家。

从高春开始数第六代,是浅子的父亲高益。高益家人丁不旺,亲生的孩子逐个夭折。而且正室夫人阿孝也去世了。

阿孝之后,高益并没有再续正室,而是迎娶了一房侧室,就是浅子的母亲阿贞。由于是老年得女,所以高益对浅子倾注了比别人更多的爱。

浅子从小活泼好动,做游戏时往往成为三井家所有男孩子的头领。她敢在院子里的假山堆里抓蛇,然后在头上挥舞,头上梳着的发髻经常凌乱不堪,家里人说她,她却叫着:"头上干吗要梳这个没用的东西,老因为它挨骂!"说着说着,就一下子把发髻从根部剪掉了。

这样的浅子,三井家的大人们都一见她就皱眉头,唯独她的父亲高益却有着不同的看法。

"这孩子将来能成大器!她能做出男孩子才能做出的了不起的大事,她能兴旺咱们的家业!"

父亲总是说这些话来庇护浅子。

"浅子的血管里,流着'殊法大姐头'的血!"

浅子每每又闯祸的时候,高益就把三井女眷们人人敬畏的"殊法大姐头"搬出来,为浅子的行为寻求正当性。

高益经常给浅子讲"殊法大姐头"的故事,这是一个只留传下了法名的女人。

"她是三井越后守三井高俊的妻子,非常能干!她家是经营酒业、大酱的,还开当铺,可丈夫是武士出身,帮不上忙,全靠她一人打理。"

据说殊法原本是叫做永井的富商家的女儿,非常具有商业头脑。

"殊法大姐头做事有板有眼,注重细节,吃苦耐劳。如果好不容易赚来的钱又轻易地流出去了,那不是又回到原点了吗,那可不是经商之道。"

何谓商界高手？第一,是有才能;第二,是精于数字;第三,是有始有终、注重细节。殊法最注重的就是第三项,她把它当成了生存之道。

殊法大姐头提倡省去一切不必要的浪费,勤俭持家。

在路上捡到的草鞋、绳子她都收起来,这些东西不久后就成了砌墙泥浆中的稻草。捣臼的底儿坏了,就变成了屋外排水槽的接水桶。木制舀水勺的底板掉下来了,她就用它当茶壶垫。对于殊法来讲,没有什么东西是需要扔掉的。

"咱们家用不着那么小气,多挣多花就挺好的。"

"多花的话,钱可就没了。"

"钱花没了,再赚更多的钱。"

"赚来的钱,又全部花掉,不又变穷了吗?"

"要赚比花掉的多得多的钱。"

高益和浅子之间,经常重复着这些孩子气的对话。

"殊法大姐头上了年纪后,连自己葬礼的预算都给做好了。她把儿子做的预算削减了一大半,棺材也是挑最小、最便宜的那种。临终时为了能进得去那口棺材,她竟然是屈着身子去世的。"

高益想教给浅子的,并不是吝啬,而是做一件事就要做到极致的精神。如果浅子生为一个男孩子,将来一定能成为支撑三井家事业的顶天立地的人物。这也是高益最感到遗憾之处。

"浅子长大了也成为像殊法大姐头那样的商界英才怎

么样?"

浅子将来一定会嫁到大阪第一富商加岛屋去,她两岁时就与加岛屋的广冈信五郎定下了娃娃亲。三井十一家生下的女孩子,一定要嫁给加岛屋族里的人。三井与加岛屋之间一直有着这种姻亲关系。

"一提去大阪,还真挺盼着的,听说在路上遇见熟人,他们相互打招呼都问'赚了吗',这是大阪人之间的问候语,多有意思啊!"

随着年龄的增长,浅子开始说这样的话了。其实刚开始,浅子对这种父母单方面决定的婚姻也是颇有抵触的。因为她特别喜欢读书,所以不想出嫁,就想专心致志地做学问。

但是,一想到大阪那人声鼎沸、车水马龙的情景,浅子就恨不得早一天跑到大阪去。她从根上是个喜欢热闹的孩子。

父亲高益在五十九岁时去世,偏房阿贞守孝一周后,找个空子从出水家退出了。

高益死后,浅子的义兄高喜成了浅子的监护人。由于亲生儿子全部夭折,高益收养了这名养子高喜。高喜在同族子弟中表现出众,是位才高睿智有决断力的杰出人物,他在高益去世的第二年就当上了三井家族的大元方。

三井大元方时常向三井十一家发出"俭约谨慎"的号令。三井的财政状况明显恶化,这样下去会濒临破产的边缘,已经被逼到这个地步了。

高喜不得已决定重拾白手创业时的精神,重新调整商业战略。

当年,仅仅是伊势松阪一个小小商人的三井高利,是用什么方法取得成功的呢？当时在江户常盘桥本町街面上,已经建有几十家和服店了,作为一个后起之秀,他是如何克服诸多不利因素的呢？

第一,率先想出了向商人大量批发,即面向多地区商人批发的做法;第二,由通过批发商销售、年中年末两次结算的方式,转变为在店里直接现金买卖的销售方式,加快了资金周转,可以用比别人低的价格出卖商品;第三,对买和服布料的顾客,提供当场快速缝制的服务等等。

像这样,高喜对祖先的辛劳与智慧重新考察研究,制定出三井新的方针策略。他认为,商家的胜败关键在于是否有先见之明,能否走在时代的前面。高喜反复揣摩着。

被大家称为天下豪商的三井,其实内情也是超乎想象的痛苦。"俭约谨慎"的文书号令,之后也下达了好几次。

浅子跑去问高喜:

"哥哥,三井已经没钱了吗？这个也得节俭,那个也得忍耐,不能再多给我点零花钱吗？"

"现在不光是咱们家,只要是商人,都是热锅上的蚂蚁。"

"咱家也没过奢侈的生活,买卖看起来也还不错,为什么还是成了现在的样子呢?"

一谈到这些话题,高喜的长子弁藏和次子贞次郎就跑得无影无踪了,他们对这种难懂的话题毫无兴趣。最后往往就只剩浅子一人侧耳倾听了。

"主要原因是幕府的御用金。他们的摊派没完没了,再富有的商人,钱包也被他们掏空了。"

从文化年①起,三井被摊派的御用金就开始明显增多了。七千两、一万二千两、一万两,就这样源源不断地被征走了。

比起其他富商来,三井被征收的御用金最多,理所当然地,他的财政状况变得最为窘迫。三井只好向幕府提出请求,希望分成十年缴付。可不巧,正值此时,下一次御用金的征缴令又已下达了。

"德川殿下真是任性啊,总想掠夺别人家的财产!为什么他身为殿下还总那么缺钱呢?"

浅子对政府给予了痛切的批评。

"日本开始与外国进行贸易活动后,很多昂贵珍稀的商品进入到日本国内来,日本也开始模仿,也开始制造奢侈的商品来进行销售。幕府总是购买这类东西,太过奢侈了。"

---

① 指一八〇四年到一八一八年期间。这个时代的天皇是光格天皇、仁孝天皇。江户幕府的将军是德川家齐。

特别是第五代冈吉的时候,幕府的支出急剧膨胀,所以幕府想出了一个招数。

"那时候市面上流通的是叫做'庆长金银'的成色比较好的货币,幕府开始铸造一种成色很差的'元禄金银',用于填补他们的财政赤字,靠这种手段获取收益。"

高喜所讲的内容有些难度,不是一般人能轻易理解的。可浅子却觉得听高喜讲这些话,比在院子里跟弁藏他们疯玩有意思多了。

元禄金银,分为元禄大判、小判、一分金、元禄丁银、豆板银等几种,货币价值低了三成。其后,宝永年间再次施行银币改铸,推出的仍是成色较差的宝永丁银和豆板银①。

浅子饶有兴趣地聆听着高喜的讲话,她为获得了新的商业知识而欣喜不已。父亲高益亡故后,这位比自己年长二十六岁的义兄代替了父亲的角色。

"那么,如果幕府有了钱,就不会再找商人的麻烦

---

① 江户时代的货币主要分成金币、银币、钱币三种。当时的商业活动和缴纳税金都使用金或银。根据十六世纪以后开采的金山·银山的地域分布及贸易习惯,形成了以江户为中心的关东地区以金为流通货币,而以京都·大阪为中心的上方·西国地区以银作为流通货币。江户幕府发行了庆长金银,规定了三种货币的兑换率,试图整合货币体系。但两大地域的经济实力差距较大,导致金银兑换行情一直不断变动。十八世纪后半叶政府发行了定额计数银币后,金币逐渐成为主要流通货币,但使用银币做贸易的商业习惯仍在持续。一八六八年(庆应四年)五月,幕府发布了"银目废止令",以银币作为贸易货币的行为才彻底终止。

了吧?"

"那也不是啊!为了达到赚取更多利益的目的,他们会大量推出成色差的金银,造成经济的混乱。物价噌噌地上涨,以白银为主要流通货币的上方地区的物价飞涨,比江户地区更厉害呢!"

"那合适的只有幕府一家,老百姓可倒霉了!"

"可不是嘛!"

高喜非常耐心细致地讲给浅子听。

幕府也感到自己做得太过分了,于是后来又发行了成色较好的正德金银。幕府命令停止使用和回收旧货币,让百姓拿旧货币去换新货币,但这种回收也以失败告终,造成了经济上更大的混乱。

变来变去的货币改铸,使得很多人开始偷偷地囤积大判金,导致市面上纯度高的大判金不足,幕府又发布禁令,禁止囤积大判金。

"不光是幕府,各藩也陷入了财政危机,为了渡过难关,各藩都纷纷发行各藩的纸币。"

高喜给浅子看过一张三井家族保存下来的藩纸币,他想让浅子有个直观的认识。

"这张是宽文元年①,福井藩的藩纸币,这是日本最早

---

① 指一六六一年。宽文是日本的年号之一,在万治之后,延宝之前。指一六六一年到一六六二年的期间。这个时代的天皇是后西天皇、灵元天皇。江户幕府的将军是德川家纲。

出现的藩纸币。"

"宽文元年……"

浅子第一次见识到真正的藩纸币,她不禁用手指摸了摸。

"是啊,一转眼已经是两百年前的事了。藩纸币的发行屡禁不绝,等幕府发布禁止令时,有五十三个藩已经发行了藩纸币。禁止令一出,又引起了其他混乱,造成了大骚动。"

禁止令一颁布,各藩必须把纸币换成正规的银币,可他们的财力根本补不上这个窟窿,就造成了大恐慌。

"最后,幕府单纯靠收益已经根本无法进行财政体系的重建,所以就开始依靠富商们的御用金。"

"真不可思议啊!"

"过去,在战争中胜利的一方就可以夺取天下。可在商品经济逐渐确立的当今,如果经济政策失误,当政者很难存续下去。"

高喜告诉浅子,所谓金钱,并不只是为了让人们填饱肚子的,而是具有更大更深远意义的、非常重要的东西。高喜的言谈话语中也暗含着指出德川幕府的经济政策的失误。

"我就任大元方那年的五月,神奈川港口开放了,从那以后,幕府又给我们加了一项御用金,说那是用于外交事务的。"

无论发生什么事,马上就想到征收御用金。浅子对幕府的这种做法很是震惊。人们都天真地以为驱动整个社会的是政体,其实是经济、是金钱。高喜是抱有这种忧患思维的。

迄今为止,三井承担着德川幕府金库总管的职责。横滨港开放以来,成为贸易中心的仍是三井家族,幕府的资金也都存在三井。可自从家族陷入财政困难后,连这笔资金都挪用了,家族被逼到了从未有过的窘地。高喜不得不与三井惣领北家的高福共商对策,为筹集御用金到处奔走。

"浅子,估计你还不太明白,三井家现在真是濒临大危机了!"

三井家族一般会将做生意赚来的剩余黄金装入瓦罐中埋在地洞里。最繁盛的时候,大概有二十万两黄金,现在几乎快见底了。

商人的祖先,为了让后代顺利地渡过类似的危机,给子孙留下了很多家训。特别是三井家,为了十一家人能相互扶持,设立了大元方制度。这是按照祖先高利的遗言设立的。

——财产不分割,由孩子们共有。生意由大家共同经营。一旦出现经营不利的店铺,其他店铺要拿出部分利益来救护它,大家共同守住这份产业。各家的生活费等一切开销用度,由大元方统一筹措供给。

祖先凭智慧设计出的这套良好体制,是为了确保三井可以保持独占鳌头的地位,但即便如此,也难以抵挡御用金这种来自外部的压力。

"浅子,你想要零花钱,可不能无理取闹,不能觉得大元方小气呦!"

浅子听了这许多话之后,会意地点了点头。

"咱们家现在已经这么危险了,今后可怎么办呀?"

"当然不能就这样坐以待毙,我们必须得想个管用的办法。"

高喜的表情变得严肃起来。只见他两只胳膊插在胸前,陷入了沉思之中。

"社会的动荡与变化,对于商人来讲其实正是个大展宏图的舞台。一定会有新的商机出现,就看你有没有先见之明了。说一千道一万,信息收集是会起先决作用的。"

三井家起用了大管事三野村利左卫门,试图打开目前艰难的局面。三野村过去曾在幕府的勘定奉行①小栗上野介大人手下供过职,想利用这层关系从勘定奉行那里收集些有用的信息。

高喜所说的社会动荡与变化,到底指的是什么?其实浅子并不是知道得很清楚。

---

① "勘定奉行"是江户幕府的一个职位,是财务最高责任人,负责管理财政及幕府直辖领地等,是幕府直属的地方行政官。

近年来,京城的形势可谓风云告急,暗潮涌动。作为尊王攘夷激进派的长州藩武士们不断地来到京城。尊王派、佐幕派、公武合体①,这三者盘根错节,正邪难分,真伪难辨。尊攘激进派中号称"天诛行动"②的,光天化日之下就敢公然袭击幕府或商人。其间还发生了这样一起事件,因长州尊攘派频发事端,"公武合体"的萨摩、会津卷土重来,固守皇城九门,一扫长州。

新选组③非常任性跋扈,近藤勇和土方岁三的名字已是妇孺皆知。民间沸沸扬扬地流传着一则故事,说近藤勇深更半夜来敲加岛屋的门,留下一封按有血手印的字据,拿走了军用资金。由于自己未来的婆家被牵扯在内,浅子对此事特别关注。

激荡的时代,变迁的时局,这类词汇不断地被灌进浅子的耳朵里。

听高喜讲,针对这种情况,三井正在采取新的策略。在与高喜的对话中,浅子自然而然地对商业及时局的变化产生了很多思考。

---

① "公武合体"是江户时代末期的一种政治运动。"公"指的是京都的朝廷,"武"指的是江户的幕府,试图通过朝廷与幕府的合并,将幕府与朝廷的传统权威结合在一起。典型事件是孝明天皇的妹妹嫁给了十四代将军德川家茂。后被倒幕派压倒。
② "天诛"是替天行道的意思,指神仙来到人间,替人类惩罚恶人之意。
③ "新选组"是江户时代末期(幕末)在京都从事取缔反幕府势力的警察活动之后,成为旧幕府军一员的、发动了戊辰战争的武装组织。

听说现在的商家,个个都是泥菩萨过河,自身难保。浅子将要嫁入的加岛屋的情况会是怎么样呢?加岛屋是世世代代承袭广冈久右卫门封号的大阪豪商,往上追溯的话,其祖先可追溯至村上源氏。到了广冈正教这一代,开始在大阪经营精米业,并在大阪村的邻村加岛村铸造成色上好的货币,所以得了"加岛屋"的名号。

在民间流传着一个故事,加岛屋的祖先曾被仁德天皇赐予"好好守护大阪的梅花"这样一句话。

浅子到加岛屋去玩儿时,曾看到佛龛里装饰着一幅卷轴,上面写着一首歌谣:"大阪繁华如过眼云烟,开在那里的梅花,世世代代在广冈家的庭院中生根发芽,香气扑鼻。"听说这是叫近松门左卫门的净琉璃①作者所作的一首歌谣。

浅子始终在思考,在这动荡的时代,三井家将何去何从?加岛屋的生意又将如何呢?

庆应元年②三月上旬,大元方向三井十一家下发了浅子及浅子同父异母姐姐的婚礼文书。

姐姐阿春,是在高益正室阿孝夫人去世后的短暂时期内,照顾高益起居的一位女佣为高益生下的女儿。生下阿

---

① "净琉璃"是日本民间曲艺的一种,室町幕府初期,有人说唱源氏公子和净琉璃小姐的爱情故事,因而得名。文禄-庆长年间(1592—1614),盲人说唱家泽住检校采用三弦伴奏,代替琵琶,并和演木偶戏的人合作,创造了木偶净琉璃。其唱腔被歌舞伎所吸取。

② 一八六五年。

春后,那位母亲由于产后恢复得不好,不久便离开了人世。浅子的生母阿贞嫁给高益,是在那之后的事了。

婚礼文书是这样写的:

> 一、三井三郎助高喜大人之女阿春小姐,将于吉日与大阪今桥天王寺屋五兵卫大人成亲。
>
> 二、同一家族的浅子小姐,将于吉日与大阪江户堀的加岛屋信五郎大人成亲。
>
> 三、三郎助高喜大人、阿春小姐、浅子小姐三人,预计于下月二十六日赴大阪。关于婚礼的贺礼,如之前修订发布的章程之规定,一律拒收。庆典之仪式,请拨冗参加。

对于三井出水家,阿春和浅子的婚礼将相继举办,真是双喜临门。

在婚礼文书中,有"如之前修订发布的章程之规定"的字句。自从三井家面临财政困难时起,大元方就向各家发出了更加严格的勤俭节约号召。由大元方发放给各家的红白喜事的费用也是再三削减,无论喜事还是丧事,所花的费用均减去两成。生活费减一成,职务津贴、名号津贴、江户大阪勤务补贴、卸任者生活费等减一成半,大阪京都之间的往返交通费减两成,就这样整体费用都被削减了。

可有一样是无论如何也不能省的,就是向常有业务往来的批发商们所赠送的礼品,虽然这个风俗没有变,但整体费用还是被大幅削减了三到五成,三井家族的哪一家都过得没有先前那么舒坦了。

在这种情形之下,为阿春和浅子准备的婚礼嫁妆应该不可能花费太多的银两。而在往常,一个家族的富裕程度,往往是可以从出嫁女儿的嫁妆中略见端倪的。

虽然当时处于封建社会,但商人的妻子是握有财富掌控权的,这一点与武士的妻子不同。富豪的女儿嫁人时带来的物品或巨额银两,在进了丈夫家门后,也一直是属于妻子自己管理的财产,别人不能动一个手指头。商人的妻子往往比丈夫还具有商业头脑,在经商时更是勤勤恳恳。这在女人尚处于男人从属地位的社会中,大概算是唯一平等的一种存在吧。

比起阿春,高益更宠爱头脑聪明的浅子,从很早就为浅子筹措了很多价格昂贵的和服及其他吃穿用度品。高益对浅子的宠爱之深,在其去世后也得到了证实。浅子的嫁妆中尽是些在贯彻节俭风潮时期根本不可能购买的昂贵物品。

三月下旬,浅子和阿春从伏见码头登上了开往大阪的三十石船①。同行的还有三井三郎助高喜夫妇、阿春的陪

---

① "三十石船"系德川初期在伏见与大阪之间进行客运的专用船,因为可承载三十石大米而得名。别名叫做"过书船"。长约十七米,宽约二点五米,乘客定员二十八至三十人。从伏见码头出发的称为"下行",船费七十二文,多为夜间出发,翌日早上抵达大阪。从大阪出发的"上行船"主要是早上出发,傍晚抵达伏见,船费一百七十二文。幕府末期,上下行的船费均涨价数倍。

嫁女佣阿鹤,浅子的陪嫁女佣小藤,及其他三名女佣、两名男仆,共计十一人。

惣领家的三井八郎右卫门高福夫妇及其他亲眷将稍迟一步出发,但也会在加岛屋婚礼前抵达大阪。

通常,三十石船配有四名船夫,但由于办喜事忌讳数字四,所以本次由五名船夫驾船。他们租了一条定员二十八人的船,其中一半都是三井家一行人员。三井此次并没有把整条船包租下来,财政紧缩的情形由此可见一斑。

从伏见水路到大阪,白天的话要半天,夜晚的话要走半个晚上。反过来,如果从大阪到京都的话,由于是沿着淀川逆流而上,需要将纤绳绑在船上,由纤夫在两岸上拉纤行走,所以需要多花一倍的时间,整整要走一个晚上。

阿春的夫君是大阪最具古老传统的名门钱庄天王寺屋的五兵卫;浅子的夫君是大阪第一富豪钱庄加岛屋的广冈信五郎,姐妹俩一同出嫁。

沿着淀川顺流而下,一行人在天满桥的码头下船,凌晨四点住进了位于过书町的三井家大阪别墅。浅子的婚礼定在四月三日,阿春的婚礼定在四月九日,在婚礼之前的这几日,姐俩将在这座别墅里度过,然后将出嫁到各自的钱庄去。

银 目 废 止

正像之前高喜跟浅子说的那样,幕府向三井家族征收的御用金,真是没完没了。

庆应二年①二月,幕府又向三井家征收一百五十万两御用金。在前年,也就是元治元年②,幕府财政部门刚刚向三井家下达了征集一百万两御用金的命令。前不久,将军家茂的进京费用、将军开拔赴大阪费用御用金二万两等,只要有个风吹草动,就会张嘴要钱。

此次庆应二年所要的一百五十万两,三井家到处使人情、拉关系,花了将近两个月的时间才终于上缴了五十万两。

庆应三年③岁暮,到大阪来办事的高喜拜访了加岛屋。

"浅子,听说从京都跑出了不少讨伐幕府的军队,三井

---

① 一八六六年。
② 一八六四年。
③ 一八六七年。

家这次也决心'赌一把'了。但这话你可不能告诉任何人!"

高喜只抛下这句话就回去了,他没有告诉浅子任何详情。三井到底要赌一把什么呢?高喜所说的话,一直像一个谜团,在浅子的心中萦绕着。

高喜似乎认为加岛屋并没有像三井那样变得经济拮据,他还以为加岛屋借给各藩的钱都能顺利收回来,金库里的千两箱里都盛着满满的钱币呢。可实际上,加岛屋的金库也同样是空空如也,浅子也无法预知加岛屋的未来会是什么样子。

讨幕、出兵、战争、胜负。

到底是幕府会得胜,还是讨幕派会得胜呢?一想到高喜所说的那句"赌一把",浅子的心里就难以平静,一个问号总在她心头打转。

"总听说打仗的事,也不知结果到底会怎么样?"

"都这么说呢,但不管怎样,德川家的天下是不会轻易改变的吧。"

信五郎百无聊赖地回应着,他仍像往常一样,正准备出门去逛逛。

"万一呢,我是说万一!万一德川政府倒台了怎么办呢?"

"别随便乱说!商人就是商人,莫谈国事!商人只要想着如何把钱赚回来就行了。政治和我们没有任何关系。

你说的这些话,小心传到政府那些人耳朵里去!哦,可怕!"

信五郎用手比画着掉脑袋的动作,匆匆地走出了家门。

商人不可能与政治无关。如果德川家败退、幕府倒台的话,旗下的各个大名会如何呢?钱庄可是把银钱借给了那些大名的。

其他钱庄的人是如何看待当前局势的呢?浅子决定去拜访一下嫁到天王寺屋的同父异母的姐姐阿春,天王寺屋在大阪今桥也开着银两兑换的店铺呢。

"小藤,咱们出去一下!"

浅子马上收拾东西,轿子也整装待发了。

一进入天王寺屋所在的今桥街,浅子即命令轿夫缓慢行进。只见街上人来人往,街道两侧店铺林立。

卖蒸食的店铺,炉子上的蒸笼冒着热气;卖扇子的,卖小镜子和小杂货的,还有专门卖人偶的,林林总总。只见一位店主用擀面杖擀着面条,在他的身旁,吃客们津津有味地吃面喝汤;从烧饼屋里飘出阵阵麦香;烧饼店旁边是家卖酒的,紧接着是卖刀剑及护手的,然后是卖烟袋的、卖木桶的、卖碾子的、卖柜子的,等等。

街上走着卖干果的、卖拨浪鼓的,那边挑着担子卖凉粉的,正在街边给客人盛凉粉。天王寺屋,就在前面和服店的旁边。

"有人吗?"

陪同前来的小藤从轿子上下来,前去叫门,里面传来温柔稳重的声音。

"呦,这不是浅子吗?好意外啊!快进来!"

看得出来,阿春对浅子的来访非常高兴,她的脸上洋溢着笑容,赶紧把浅子引到内室。

天王寺屋的建筑是在全盛时期翻建的,因而现在的房子有着粗壮结实的房柱,充满敦实厚重的感觉。可庭院似乎很久没人打理了,显得非常荒凉。客厅的榻榻米也似乎很久没更换席面了,有的地方被弄脏,已经变了颜色,有的地方席面出现了破损。与加岛屋比起来,店铺里的客人也明显少了许多。

"真是好久没见了,浅子!"

虽说都住在大阪,但互相都很忙,姐妹俩不可能经常见面。

与在娘家时相比,阿春的脸庞明显变圆了,满脸幸福的样子。

"姐姐好像稍微胖了点儿。"

"可不是,特别是生完孩子之后,女人上了岁数就是爱发胖。"

"说什么呀,您还没到那个岁数呢!"

"我觉着一有了孩子,就老得快了。浅子你还没生孩子,所以显得特别年轻。"

"阿春姐都有两个孩子了。咱俩一起乘船来大阪,就像是昨天的事,时间怎么过得这么快呀!"

"是啊,第三个孩子都已经在我肚子里啦。"

"是吗,恭喜啊!我家连一个都还没有呢,您真让我吃惊。"

"我呀,除了生孩子,再不会别的了。"

这时,一阵孩子的哭声响起,阿春起身出去。不一会儿,她一手抱一个,一手牵一个孩子走了进来。

"这是浅子姨妈,快叫人!"

长女只有两岁,还听不懂母亲的话,但却一个劲地鞠躬。

"我教过她鞠躬,现在一见到人,就一个劲地低头鞠躬。我家先生也觉得她可好玩儿啦。对了,他不巧出门去了。"

小点儿的也是个女孩,还不会走路,刚刚开始会爬。连着生了两个,现在又怀上了第三个。

"得了这些宝贝孩子,看把你幸福的!那个,我今天过来,是有重要的事情想和你说。"

小藤很识时务地带着孩子们走开了。

"今天说的话,你可要保密呀!没准真的要打仗了,阿春姐有没有听到什么消息呀?"

"我整天待在家里,家门外的事,不管是买卖上的、还是其他什么的,我都不知道。每天光是看孩子、缝补衣服、做饭就够我忙的了,那些复杂难懂的事情都是我家先生在操持呢。话说回来,这打仗和咱们做买卖的有什么关系呀?"

高喜反复叮嘱不能随便乱讲的出兵的消息,浅子实在没办法随便告诉阿春。她最多也就是提到"打仗"这个词,无法再往深处说了。看来从天王寺屋是得不到任何消息了,浅子感到很失望。

"天王寺屋的买卖还顺利吗?"

"嗯,托你的福,我家的买卖全是我先生在管着呢,应该还不错吧。虽说跟你们加岛屋没法比,但我们毕竟是家老铺,客人们都看重与我们的老关系呢。"

阿春的脸上充满着安详和幸福,似乎世间的纷争与骚动都离她非常遥远。阿春与浅子不同,她是属于那种永远接受现状、满足现状的人。

浅子与阿春又唠了一会儿家常,就告辞出来了。天王寺屋的生意绝对是在走下坡路,浅子只待了那么短的时间就已经感觉到了。

浅子那不祥的预感最终被证实了,她对战争的不安变成了现实。

庆应四年①一月,鸟羽伏见之战②爆发。幕府惨败,将

---

① 一八六八年。
② "鸟羽伏见之战"是日本戊辰战争中,新政府军和幕府军在鸟羽、伏见进行的首次战役。交战双方为支持明治天皇的新政府军和支持德川幕府的军队,发生于一八六八年一月二十七日,战役以新政府军的全胜告终,标志着戊辰战争的开始。

军庆喜经海路从大阪逃往江户。

明治新政府发出通告,恢复天皇的统治。这种突如其来的变故是大家始料未及的,京都及大阪一带的商人们个个愁眉紧锁,均陷入了深深的烦恼之中。

很快,大阪、京都总计一百三十名商人收到了在二条城集合的命令。其实,一个月前就收到了这样的命令,但当时战争一触即发,市面上人心惶惶,大家心里都很恐慌,没有聚合起来,一直拖延到今天。

加岛屋的久右卫门、鸿池屋的善右卫门、鸿池屋的又右卫门、天王寺屋的五兵卫、辰巳屋的弥吉等几十位大阪商人都在那份召集名册中。

大家风传那份商人名册是由三井家负责制作的。如果这是事实,就说明三井家已经得到了新政府的信任。当浅子意识到三井已经抛弃了德川幕府,转而为新政府服务时,她才真正明白了高喜所讲的"赌一把"的含义。这给了浅子重重的一击,这证明三井早已看出倒幕派会有胜算。

加岛屋与新政府可没有任何往来,只是还做着跟以往一模一样的生意。如果三井成功了,那么处在相反立场上的加岛屋会有什么样的命运呢?浅子站在路边思考着,越想越感到愕然及烦恼。

被叫到二条城参加集会的加岛屋第八代当家人广冈久右卫门正饶回来了。只见他快步穿过店堂,直奔里面的住所,半天不说一句话。

"三百万两啊！他们下命令让交出三百万两！"

正饶沉默半晌，才说出这么一句。那声音低沉得简直像在呻吟。

"父亲，不可能是三百万两吧？您不会是听错了吧？"

信五郎反问道。

"没头没脑地让人拿出这么多钱，简直是胡闹！"

从不爱发牢骚的信五郎的弟弟正秋，也忍不住这样说道。只见他一脸愤懑。

全面执掌店铺经营的大主管利助也被叫了进来，他一听到三百万两这个数字，简直像腰折了似的跌坐在地上。

即使以最大的千两箱来计算，十箱是一万两，三十箱是三万两，三百箱才是三十万两，要凑足三百万两得准备多少贯银两啊？浅子在心中估算着。她简直要被这个庞大的数字压倒了。

即便这一大笔巨资由一百三十家商人分担，也不可能均等分配。加岛屋和鸿池屋两家肯定要承担最大的比例，这是毫无疑问的。再怎么算计、筹划，这压根就不是有商量余地的事情。

"鸟羽伏见之战，德川方面败退了。新政府打算继续出兵到江户去讨伐幕府，所以他们需要军用资金。"

"啊？这次不是幕府向咱们要御用金啊？"

信五郎眼睛都瞪圆了。

"这次是为官军准备的。二条城的大庭院里，布满了剑拔弩张的武士,那气氛一看就明白,根本就不想给我们这些商人开口讲话的机会。"

一向温和,总是面带笑容的正饶,现在脸上的表情也变得异常严肃了。

"说得好听是筹款,其实还不就是让我们白送。"

正秋的态度也变得尖锐起来。

"说是收了年贡米之后再把钱还给我们,其实根本就指望不上。讨幕军手里根本就没钱。"

"这不是件了不起的事吗?别再说傻话啦!"

浅子被激怒了,不得不叫喊起来。

迄今为止,幕府向商人不停地索要御用金,没完没了,使得被称为富商的人家也变得经济窘迫了。

"说藩里财政紧张,你们可以筹钱,这次说要用商人的钱去打仗,你们就吓成这样了!"

浅子实在忍不住了。

"那,咱们能拿出三百万两吗,父亲?"

信五郎终于恢复了平静,他问道。

"不可能!"

正饶就蹦出这么几个字,除此之外,他似乎已经没什么可说的了。

"那咱们商人的脑袋还不得搬家呀!"

利助满脑子都在想无法准备这些银两会受到何种惩罚,越想心里越害怕。

"就是脑袋掉了,拿不出来还是拿不出来!"

正饶斩钉截铁地说道,只见他满脸悲愤。

此时此刻,被召唤到二条城参加集会的各位富商中,家家都是乌云密布、空气凝重。制作了富商名册的三井家,是否打算响应新政府的命令呢。浅子很想知道三井家的解决之策。

不久,传来了讨伐德川幕府的军队已经从京都出发的消息。筹集三百万两一事依然受到商人们的抵制,看不到一点眉目。

讨幕的东征军五千人,浩浩荡荡向着江户进军。东征军的首领竟是曾经做过和宫公主未婚夫的有栖川宫炽仁亲王。不知已经成为德川将军夫人的和宫听到这个消息后会是怎样的心境。

在三百万两军费并未筹齐的情况下,东征军就出发了。在长长队列的最后尾,跟随者三井、小野、岛田三家富豪的队伍,他们负责途中的资金供应。每家都有一个千两箱,分别由各家的两名家丁挑着行进。

浅子的娘家三井紧紧跟随官军,态度非常鲜明。三家富商带来的资金共计三千两,与三百万两的所需军用资金相比,可谓杯水车薪,这点钱根本不可能够用。在鸟羽伏见之战前夜,三家富商还曾献上二千两的资金,之后又分别献出了一万两。

看到加岛屋与京都、大阪其他商人的步调完全一致,浅子不禁对它的前途感到担忧。换句话说,加岛屋没有顺从官军。那三百万两资金的筹措,到现在也还没有答应。追随官军的三井大元方肯定不会误读时局的,这样来看,加岛屋的前途更加扑朔迷离、令人不安了。

东征军的一个纵队沿东海道抵达骏府城,军用资金使用殆尽。他们从四位土地富商手中征集了五千两资金,暂时渡过了难关。

另一路沿东山道行进的官军抵达板桥后,又提出向三井家征集十万两资金。三井家虽已到了山穷水尽的边缘,但仍尽力筹集一分银,凑了二万五千两。这可是关乎三井家生死存亡的金钱。可这些钱一旦被幕府方面发现,就会被没收,无法运送到官军的主战场去。于是三井家想了一个办法,把银两藏在船底,然后假装在上面饮酒作乐,这才顺着隅田川①将钱偷运出了江户。

如果三井家的选择没有错的话,没有老实接受官军资金征集命令的京都、大阪的商人们肯定就会倒霉。不管是正饶还是信五郎,直到现在还是站在筹资的反对派中。这种形势到底对买卖会产生什么样的影响?那些并未像三井那样采取积极对策的商人们都是处于进退维谷、不知所措的状态中。

新政府终于取得了政权,新的时代拉开了帷幕。虽说

---

① 流淌在江户东部的一条河,全长二十五公里。

幕府倒台,明治新政府立起来了,但大家还是认为之前的货币肯定可以沿用下去。正在此时,新政府颁布一条新法令,震动了整个京都大阪地区。

新政府设立了货币司,开始铸造二分金、一分银、一朱银、天保通宝等货币。某一日,新政府突然宣布停止丁银①和豆板银②的流通,废除京都、大阪地区以白银为基础流通货币的贸易体制,这就是著名的"银目废止"。

最近,在大阪,由于定额银币被普遍使用,所以丁银和豆板银的流通已经减少了。但银票仍被广泛使用。"银目废止"令的出台,令大阪经济产生了巨大的混乱。而其中受这股浪潮冲击最大的,是京都、大阪的各个钱庄。

一大早,店里的伙计像往常一样打开了加岛屋的店门,准备清扫店外的地面,猛然看见店门口聚集着一大群人,个个表情凶险。此时,正饶因患热伤风,正卧床养病。

"店门口来了一大群人,都叫店主人出去呢!"

伙计忙跑到信五郎处报信。

"你告诉他们店主人病了,让他们都回去!"

信五郎并没有预感到事态的严重性。伙计听了信五郎的话,扭头出去了,没一会儿的工夫,伙计又进来了。

"只一小会儿工夫,就聚了一大群人。从咱们店门口

---

① 称重后使用的银币。
② 调整重量用的银币。

一直到河边全是人,连路都堵死了!"

据睡在二层的伙计讲,半夜里就曾听到店门口有动静。

"都说了生病了,他们也不回去吗?"

浅子问伙计。

"是啊,他们大叫着把店主人交出来,告诉他们现在不能兑换了,他们也不听!"

浅子察觉出这件事并不是可以简单化解的。

"我可做不来这个,少夫人,这里就拜托您了!"

信五郎迟疑着,根本不想迈出去半步。

"我可是个女人,即使出去他们也不会把我当回事的。"

"那你想想办法嘛,拜托了!说什么是女人啊,你从小不是比男孩子还厉害吗?"

浅子来到店堂的侧间,向外面窥视。只见众人谩骂的声音此起彼伏,还有人开始向店里投石头了。

"我刚才都跟大家说了好几遍了,银目废止令是政府颁布的,本店实在无法给大家兑换。"

只见利助扯着嗓子大声喊着。这位老主管,在钱庄中有着代理主人实施管理的权限。他下面,还有负责对账、负责行情、负责现金出纳、负责保安等等一干人员,利助负责全面管理。那些平头伙计吓得连话都说不出来了。

"和你废话有什么用啊!"

"我身上承担着加岛屋的经营责任,从刚才到现在我的嘴皮子都磨破了,我不是告诉你们店主人病了吗,有什么事跟我说!"

利助和那些客人们反复进行着这样的对话。

"让你们家主人出来!明明店铺开张了,却说不能兑换,这我们决不答应!你们干不了就别干了!"

"就是!对客人没有任何作用的店铺,趁早砸了它算了!"

客人们随心所欲地发泄着不满。

"你们这些客官也太不讲理了!我一直低头哈腰向你们道歉,你们还越发来劲了!我不能再让你们这样胡闹了!"

利助的忍耐到了极限,他开始怒吼起来。

"等一下!"

装扮一新的浅子,出现在店铺中。

"加岛屋,可以说是大阪排在首位的钱庄。被大家骂得这么一钱不值,叫我们如何立足呢?我家店主人广冈正饶身患感冒、卧床不起了,这可不是骗人的。"

浅子用充满张力的声音,一字一句、咬文嚼字地慢慢说道。那张皮肤白皙的瓜子脸,在只有男人的店里显得异常突出,美丽非凡。再加上她那挺直后背、昂首挺胸说话的样子,真是浑身充满了加岛屋少夫人的自信。

"商人都是奸诈的!一看到对自己不利,就当起缩头乌龟来了。"

"我们没有骗人！有谁怀疑,就请到内室去看看卧床的店主吧。"

那人话音未落,浅子就抛出了这样一句话。

"我们是开钱庄的,做的是银两兑换的买卖。我们所经手的,都是金银等等非常宝贵的东西,所以如果相互之间没有信任,这买卖是没法做的。如果双方没有诚信,这个买卖就无法成立。如果从一开始就说我们在撒谎,我就真没什么可说的了。"

浅子的说辞产生了不可思议的效果。

"别看着她是个女人,大家就心软了！"

刚才的喧闹声刚刚开始平静些,就又有人出来挑拨。

"您要也是个女人,那就设身处地为我们想想吧！银票不能兑换,像我们这样的小商贩真是走投无路啊。一家老小连饭都吃不上了。你能为我们做什么呢？"

一个女人的声音在反驳浅子。受其挑唆,四周又骚动起来。

"我想尽量帮大家。我真是这么想的。但我是加岛屋的媳妇,我不可能一个人做出决定。请大家安静,少安毋躁,容我们想一想。"

"少夫人说的想一想,到底是打算怎么办呢？"

利助不安地看着浅子的脸。

浅子回到内室,坐到了正饶的枕边。

"父亲,让您担心了,真是抱歉！无论我们怎么说不能兑换,客人们也不肯听。有位女客官说家里连饭都吃不上了,怪可怜的。"

正饶勉强睁开因发烧而肿胀的眼睛。

"给他们换吧。"

"老爷,这可不行,您再好好想想吧!"

利助表示反对。看得出来,他是下定决心一定要阻止的。

"店,您托付给我了,我必须得多说一句。"

"你有什么牢骚,利助?"

"哎,目前咱们加岛屋的金库里,可只剩下最后的金银了。如果再动用的话,就真是山穷水尽了。这些跑过来要求兑换的客人,大概都觉得大阪的这些钱庄都长久不了了。他们觉得只有加岛屋要多少钱有多少钱,所以才都集中到咱们家来的。可如果咱们老老实实给兑出去,加岛屋可就该倒闭了。"

利助的身体在颤抖。并不完全是因为反对兑换,而是因为终于吐出了心中的愤怒。

"拿出钱来给他们换吧。你也同意这么做吧,浅子?"

正饶不看利助,而是把目光投向浅子。

信五郎打开了金库的锁,伙计进去把装钱的箱子搬到了店里。

客人们骚动起来。浅子的情绪有些激动,但她很快意识到这个责任必须由自己来承担。

"老爷,您这样做可让我太为难了!加岛屋可就难以维持下去了。"

利助还在继续表示反对。

"是我允许的。浅子,给他们换吧。"

正饶并没有听取利助的建议,他控制住了整个场面。

"银目废止"的兑换风波终于平息了,可正饶的病却一点都没有好转的迹象。他总是不停地咳嗽,两颊上的肉逐渐失去,眼圈发黑,整个人迅速地衰老了。无论医生怎么治疗,也感觉没什么效果。

对于十分疼爱自己的公公的病情,浅子比任何人都担心。加岛屋只生了男孩子,浅子嫁过来后,让整个加岛屋的气氛都变得明快了,所以公公正饶特别喜欢浅子。

"商人的家里,不需要那种只会老老实实持家的女人,我希望你成为一名有个性、有才干的少夫人。"

正饶说出了自己对浅子的期望。正因为背负着这种期待,浅子对加岛屋的前途才更加担心。

"银目废止"之后,新政府到底会采取什么货币政策呢?浅子觉得越早知道越好。

浅子从天满桥登上了去京都的船,这次她连小藤也没带,她要尽快赶到京都去找高喜问问情况。真遇上什么事,最可依靠的还是娘家的这位义兄。夜晚浅子抵达伏见,在码头住了一夜,第二天早饭后,她即乘轿来到了油小路三井家。

"我是浅子,可以进来吗?"

"哟,浅子,这是怎么了?你怎么突然跑回来了?"

嫂子利和出现在玄关,她似乎对浅子的突然造访深感不安。出来得太匆忙,浅子没来得及换上出门的衣服,身上就穿着一件很朴素的条纹布和服。

"义兄在店里忙呢吗?"

"今天他在家呢。他昨天刚刚从江户回来,今天在家休息呢。"

在三井家,十一家人轮流去江户的店里值守。特别是作为大元方,高喜去江户轮值的时候比别人都多。

"浅子啊,咱们这回得好好说说你的举手投足,好吗?"

"哟,你还真回来了!你是不是耐力不够啊?女孩子嫁了人可不能太任性啊!"

高喜也迎了出来。哥嫂二人似乎都误会了,都在说着莫名其妙的话。

"错了,错了!哥哥嫂子这是在说什么呢!"

浅子的心里一直想着今后的生意该如何运作,内心简直像着了火似的。

"我可不是赌气回娘家来的,我不是说了嘛,我在加岛屋说一不二,过得可好了。"

"是吗,那我就放心了!"

高喜的表情由阴转晴。立竿见影,嫂子也露出放心的样子走进里间去了。

"我有件事无论如何也要向义兄请教。"

"什么重要的事呀,还值得你从大阪特意跑过来?"

"'银目废止'的政策一出,大阪可是乱了,不管哪家钱庄,都已经没钱给客人兑换了。很多店都关了门,只有我家、天王寺屋和鸿池屋还在苦苦支撑着,客人都跑到这三家来,我们可真有些招架不住了!三井把宝押在新政府身上,看来是押对了,真了不起啊!"

"并不像浅子说得那么乐观。"

"怎么了?有什么不顺利吗?据您看,新政府接下来会推出什么方针政策来呢?"

高喜并没有马上回答浅子的问题,他陷入了沉思。

"你就是为了问这个,才不顾一切地跑来的?"

"是。"

高喜的眼睛望着庭院,似乎这个问题很难简单地给出答案。

"别那么着急,先喝点茶,我这还有浅子最爱吃的鲇鱼形小点心呢。"

利和进来劝茶。三井家的人都认为,浅子那种不认输、不轻易妥协的性格,即使在出嫁后也难以转变。利和最怕浅子是因为与加岛屋婆家不和而跑回娘家的,听说并不是这么回事,利和那一颗悬着的心就放下了。

"你这么热衷于商业,还真是血管里流着殊法大姐头的血呀。可加岛屋与三井不同,它应该没有赤字吧?"

"并不是呀!"

"不是都说加岛屋的金库都被千两箱填满了吗,即使放在金库里的都是银子,'银目废止'后,新政府也不会抛弃你们的。"

"借出的银两催还回来之后,听说家里的金库曾经装满过。可在银目兑换过程中,把所有的大判、小判①都兑换给客人,现在已经是山穷水尽了! 更何况我公公还病魔缠身。"

"那我应该去探望探望他老人家啊! 你有什么重要的话赶紧先说吧。"

"我就想问问义兄,您看今后的时局会怎么发展呢?"

"我也看不清啊!"

"您作为三井大元方,这么一位响当当的人物,也让我们这么靠不住吗?"

"我家的大管事三野村正在四处打探消息呢。"

"打听到什么了?"

"任凭他是什么新政府,也不可能置钱庄兑换商于不

---

① 大判、小判是日本古时的一种金币,呈椭圆形。在丰臣秀吉时代,政府发行了"天正大判",到了江户时代,共有五种大判(庆长、元禄、享保、天保、万延)和十种小判(庆长、元禄、宝永、正德、享保、元文、文政、天保、安政、万延)。小判被广泛应用于日常贸易中,而大判一般不在市面上流通,只在赏赐、进贡等特殊场合才会被使用。庆长小判的含金量最高,达到百分之八十四点二九。而到了江户时代后期的文政、天保、安政等小判的含金量仅在百分之五十至六十之间。

顾,在明晰的政策出台之前,我们只能想方设法忍耐着等待。"

"大阪的钱庄几乎都倒闭了,目前硬撑着的只剩下天王寺屋、我们和鸿池屋了。"

"已经倒闭了的,就是输家,这也不能怪别人,谁让他们落后于时代的变迁,没有提早想出应对措施的。商人啊,只有自强自立,才能取胜。"

高喜的态度非常冷峻。浅子并不想白来一趟,她想在哥哥这里抓到一根救命稻草。可高喜的这一番话,让浅子觉得她仅仅是抓住了一片云。

"三井家出身的女孩子要拿出勇气来!浅子我告诉你,可不能让加岛屋败在你们这一代手里。只有一点,我可以明确告诉你,大名肯定将不存在了!"

"今后就没有大名了吗?真的?"

一时间,浅子的脸色变得苍白。

从"大政奉还"①开始,幕府膝下的各藩就不可能再以之前的形态存续下去了。本来是一拍脑袋就应该想明白的事实,可浅子的注意力全集中在"银目废止"上了,反而忽略了大局。

浅子在当天就匆匆离开了三井家。她回到伏见码头,

---

① 大政奉还,发生于庆应三年(1867年)十月,第十五代将军德川庆喜把政权还给了天皇,标志着持续二百六十多年的德川幕府统治的结束。大政奉还标志着日本封建时代的结束、近代日本的开始。

在码头旅馆小睡片刻,就踏上第一班早船往大阪赶去。

风越刮越大。河岸上的树木摇头晃脑,营造出阴森的气氛。不知不觉间浅子似乎睡着了。突然而来的一阵剧烈的晃动把浅子惊醒,就连向相反方向逆流而上的船只也是一阵剧烈地晃动,只见那条船在恶浪中上下沉浮,仿佛要沉没似的。晕船的乘客增多了。

低着的头一抬起来,咳嗽就开始了。一咳起来就停不住,浅子不禁用袖口遮住了嘴,咳得俯下了身,心中一阵恶心,胸口部位感觉很难受。浅子将身子挪到船舷上,吐出了顶到口腔中的东西。吐出来的竟然是鲜红的飞沫,一下子被风吹走了。曾经捂着嘴的手上,残留着红色的黏液。浅子又开始咳嗽了。

"太太,您这是怎么了?"

坐在旁边的中年女人,注意到浅子的异常举动。

"您这是怎么了?"

其他乘客也过来询问病情,船舱里一片骚动。这时,一位船客猫着腰靠过来,开始给浅子把脉。

"这不是东轩医生吗?这位太太可真是好运啊!"

从旁边那位女乘客口中得知,刚巧有一位高明的医生与浅子同船。

"这位可是北滨有名的先生,有他给您诊治,您就放心吧!"

那位医生似乎也认识这位妇女,经她这么一说,他更加仔细地给浅子诊病。

"千万别再勉强自己啦。您的身体看起来很虚弱,之前有没有发烧、咳嗽的症状呀?"

"嗯,之前是有些发烧,但生意上的事实在是太忙了,没顾上……"

"您的肺出问题了,有可能是肺痨。"

听到医生的诊断,本来抱着好意围在周边的乘客都禁不住往后退了一步。肺痨可是具有传染性的可怕病症。

一直对自己的身体状况最有信心的浅子听到医生的这个宣告,真是感到有些乱了阵脚。肺部被细菌侵蚀,形成空洞,最终咯血而死。这种病真的是连医生也无可奈何的不治之症啊。

"您可不能觉得这个病无法治疗就丧失信心啊!多吃些有营养的食物,好好休养,病自己就会好起来的。回头我再给您开点好药,您过来取吧。"

东轩把北滨医院的地址告诉了浅子。

在这加岛屋生死存亡的关键时刻,如果连自己也倒下的话,加岛屋的前景会怎么样呢?买卖的事与生病的事搅在一起,填满了浅子的头脑,一直到船停泊在天满桥畔,浅子始终惴惴不安。浅子包了礼金交给医生,还拜托医生准备好她的药,她会派人去取。

从那一天开始,浅子开始了卧床休息的日子。由于咯血,脑袋昏沉沉的,连思考的力气也没有了。但高喜所讲的

"大名终将不复存在"的话语,却总是在她的脑海中盘旋,挥之不去。由于自己的疾病具有传染性,浅子独自睡在加岛屋一个角落的房间里进行隔离,只有小藤不怕被传染,时常过来照顾她。浅子对于自己在加岛屋最危急时刻病倒这件事后悔不迭。

"感觉怎么样了?多吃些好东西,病就会好了!"

信五郎总是这样说,还不停地叫人送来烤鳗鱼、煮鲷鱼等等看起来营养充沛的食物,每天都跑过来好几趟。对浅子来讲,任何有营养的美食,都比不上丈夫的鼓励与关爱。

"我今天觉得好多了,身上也轻松了很多,我都想去院子里走走了。"

不知是否是东轩的药起了作用,十天后,浅子的烧也退了,全身也感觉不那么沉重了。

"你就是积劳成疾,一直过度操劳才病的,这次是老天爷给你放了个假!"

"我说,散步之后,您让我看看大福账吧!总这样待着,我都变傻了。"

"你看大福账做什么?"

"我想整理一下咱们借给各藩的钱款余额。"

"你可真是受累的命啊,多休息一会儿你就难受!你这样,病再加重了怎么办啊?"

信五郎走后,浅子把利助叫过来。利助走进浅子的隔离房时显出很害怕的样子,他担心被这种可怕的病传染。

浅子命令利助把大名各藩的借款账目和借据都搬过来。利助表情凝滞，看起来不太想服从浅子的命令。

"不管怎么样，我也想看看！"

浅子毫不退缩，坚持自己的主张。

"如果不是大当家主人的吩咐，我不能拿过来。"

"现在可是加岛屋生死攸关的时刻，大家要齐心协力，劲儿往一处使才行啊！"

利助不听那一套，就是不给拿。浅子想到三井家不管是大元方还是大管家都拧成一股绳，大家有共渡难关的意识，而加岛屋却是这样一位老顽固在执牛耳，这种旧体制也到了非改不可的地步了。

取得当家人正饶的许可后，利助终于把大福账搬来了。以前，浅子也求信五郎给她大致看过一次。

贷款对象有仙台藩、高崎藩、龟冈藩、佐仓藩、岩国藩、山口藩、浜田藩、日出藩、柳川藩、丰津藩、淀藩、须本藩、浜松藩、鹿岛藩、福冈藩、古河藩、上田藩、关宿藩、棚仓藩、延冈藩、秋月藩、留山藩、冈崎藩、久留米藩、柳生藩、山形藩等等，总共涉及二百几十个藩。

浅子让小藤帮忙，开始了整理工作。延冈藩借走金二千零五十两、银四十五贯、四十六贯七百四十五匁①、七贯、

---

① 日本古代衡量单位（匁是日本汉字）。一匁等于三点七五九克。古代时也称为"钱"。十匁·十钱是一两，一百六十匁·一百六十钱是一斤，一千匁是一贯。

十贯两次、十二贯、五十贯、一百二十八贯九百八十九匁、三百贯、九十贯、十贯、二十贯、三十贯、六十贯、五十贯。仅延冈藩一个藩就借了这么多金额、这么多次,而且这还算是借钱次数较少的一个藩。

告一段落后浅子服了药,稍事休息又接着看借据。幸亏咳嗽止住了。看借据上的还款期限,很多都长达二十五年至五十年之久。如果大名不复存在了,这些长期借贷几乎都会无法回收,那作为出借方的加岛屋可就要蒙受巨大损失了。

在借据上,有着各种戏剧化的夸张字眼,有向南无八幡大菩萨起誓的,还有贴着神符的、按着血手印的,无论哪一个,都是对天发誓强调一定还钱的意思,如今看起来,这些都像垃圾一样没有任何意义。

"少夫人,如果把这些都整理完,不知道要花几天的时间呢。太过劳累,您的身体可受不了!"

对于小藤的劝阻,浅子像没听见似的,继续翻看那些借据。

当家人正饶的一病不起、"银目废止"、自己的得病,这一切使得加岛屋陷入了四面楚歌的境地。况且肺病这种病,都说是很难完全治愈的,说不定自己的寿命已经不能长久了。如果终是一死,还不如做最后一战、拼搏而死呢。浅子这样激励着自己。这样一想,浅子觉得这个世界上已经没有什么让她害怕的事情了。

不知是由于浅子的心绪稳定了,还是药起了作用,反正在那之后,病情没有一丝继续恶化的苗头。咳嗽也止住了,浅子真的觉得自己有点好起来了。

在这种生与死的较量中,加岛屋决定向新政府献出一些金钱。当然,手头的钱已经见底了,只好在三井的介绍下向别人借了钱,完成了这次献金。虽然比三井晚了不止两三步,但加岛屋总算是与新政府拉上了关系。

浅子相信高喜的意见,她已经暗下决心要在新政府推出对钱庄的新政策前咬牙渡过难关。店铺还像从前一样开门做买卖,没关闭任何一家店铺。银目与金币之间的兑换业务也一直承接着,但这些业务都是靠借钱来维持的。

加岛屋的债务越来越多,借款额远远超过当初的预想,陷入了进退维谷的苦境。为了向债主做出肯定能还款的声明,浅子不得不跑一趟东京。

庆应四年七月,政府下诏书通告把江户定为东边的京城,江户城改名为东京城。

加岛屋急需拜访债主,诉说自己目前资金紧缺的状况,恳请同意延长还款期。对于根本无法预计的可偿还日期,浅子只有叹气。可是,她仍旧振作起尚处于疗养中的身体,带着一名随从,踏上了去往东京的路途。

寒　空

第一家要去拜托延长加岛屋还款期限的,是贸易商毛利友信的商号。毛利家坐落在东京品川的八山。不知是否由于行程安排得太紧张了,途中,浅子的病情又加重了。本来只打算住一晚,因为发烧而不得不住两晚;刚走了半天就感觉很不舒服,不得不早早找地方住下。眼看着抵达东京的日期比预计的要晚上十天左右。

抵达东京后,浅子打算借宿在位于深井的三井别墅。一想起加岛屋的巨额负债,哪怕是一点点的金钱也舍不得花,浅子想把费用控制在最低限度。从别墅到债主家,浅子也选择了步行前往。

在旅程中耗费了过多的时间,到东京后可要抓紧每一分钟,浅子决定直接奔毛利家去。现在已经进入腊月了,从脚底吹来的风,有着一阵阵刺骨的寒意。

"少夫人,咱们先到三井别墅,放下行李,换换衣服,请大夫给您看看,再去毛利家,您看怎么样?"

不管下人怎么劝,浅子还是像往常那样倔强,根本听不进去。

"稍一休息,一不留神睡着了,耽误了大事怎么办?在完成此行的目的前,我不能倒下。"

但浅子的身体并不能跟上她的决心。她的双腿感到无力,吸进去的气呼出来时,就会引起咳嗽。虽然还没到咯血的地步,但那份不安一直在浅子身边萦绕着。

双腿累得实在迈不出步的时候,浅子走进了一家饮茶店。她到里间稍微躺了一小会儿,缓上一口气来,就又出发了。现在无论如何也不能死!这个念头一直在浅子脑中徘徊。浅子所迈出的每一步都纯粹是靠着坚定的信念。

到了品川,向一间旅馆问路后,很快就知道了毛利家的位置。站在毛利家跟前放眼望去,这是一座比自己想象的还要宏大的宅邸。在他家的周围,有像城堡一样用石头筑的围墙,上面堆着土,种满了厚厚的一层山茶花,这山茶花墙到底延续到哪里,真是一眼望不到边。

"不知道要在这里花多长时间呢,你先去深川吧。"

下人很为浅子的身体状况担心,但浅子强行让他先去别墅。毛利家入口的正门紧闭着,浅子从旁边的木门进去。正午时刻刚过,可浅子连早饭都还没正经吃,体力的消耗只能靠精力来填补,一个深呼吸后,浅子睁大了眼睛,抖擞精神,挺身大步走过通往玄关的路。无论发生什么,也一定要实现当初设定的延长账期的目标。

"有人吗?我是大阪来的加岛屋。"

"唉!"

"之前曾让人递送过一封书信,说我要来拜访,我现在刚从大阪赶到,还穿着旅途中的衣服就过来了,真是失礼,我是想早一刻见到毛利大人。"

"请您稍等一下。"

毛利家的女佣冷冷地瞟了浅子一眼,就从走廊的深处消失了。浅子感到双腿有些打晃,浑身无力,但这么冷的天气里竟然浑身火烧火燎的。她感觉自己快要倒下去了,于是用玄关的墙壁支撑住自己的身体。

突然,庭院里传来一声凄厉的鸟叫,吓了浅子一跳。随后一切又恢复到死一般的寂静中。

"您请进来吧。"

刚才那位女佣又出现了,她打开了会客厅的门。

"突然造访,给您添麻烦了,真对不起!请问毛利大人在家吗?"

"是嘛。"

这个回答让人摸不着头脑。可人家说了请进,浅子就脱掉草鞋踏了进来。女佣虽然讲话彬彬有礼,但态度上让人觉得冷冰冰的。但如果把这个想成是东京人的习俗,心里也就释然了。浅子在会客厅里等着,可一直音信全无,没有任何毛利要过来的征兆。这种等待一直持续着,把浅子搞得很累。

虽说正值寒冬腊月,可会客厅里却并没有生火,浅子把脱下来的披肩盖在膝盖上,一动不动。即使竖起耳朵,也听不到走廊上有任何人走动的声音,唯有院子里树叶被风吹动的沙沙声。

毛利不仅在东京有店铺,在横滨也开了很多家店,他甚至还与葡萄牙、西班牙人做贸易。除贸易外,还往外借钱赚利息,生意很是兴隆。加岛屋在向毛利借钱时,可是拿房产做的抵押。

虽然会客厅的地板上铺着厚厚的地毯,可寒气还是不断地从下往上爬。到了傍晚,浅子的脚趾尖已经完全失去了知觉。

"对不起!"

忍到极限,不能再等下去了,浅子向里面发出了叫声。

"哦。"

女佣面无表情地答应着。

"我再等多久,毛利大人才能过来呀?"

"嗯。"

"您光说嗯,我可听不明白。"

浅子真有些生气了,身上轻微地颤抖着,当然一半原因是冻得发抖。浅子尽量克制住自己的情绪。

女佣转身进到里面,用茶盘装了茶点走过来,只见盘子上放了两颗比小拇指尖稍大一点的米果。

"麻烦您再等一下吧。"

女佣放下盘子从屋里出去了。

浅子喝了桌上的茶,可这根本不是茶,只是一杯热水。这家人给客人端出的,竟然不是茶,而是白开水。与其说是自己受到了侮辱,不如说是加岛屋受到了侮辱,这让浅子忍不下去了,她感到很愤慨。传统富商加岛屋与新兴富商毛利友信,原本是可以平起平坐的,而现在因为加岛屋向他借了钱就遭此冷遇,只被招待一杯白开水。

"你们好过分啊!这就是东京商人的做派吗?江户商人的名声也被你们毁了!"

浅子毫无顾忌地大叫起来。提起江户商人,即使是现在,人们口口相传的仍是纪伊国屋文左卫门①、奈良屋茂左卫门等富商的豪迈气派。

"纪伊国屋,挥金如柑橘。"连川柳②都咏诵着这样的诗句。

奈良屋在东照宫修复工程中赚了大钱,与纪伊国屋难分伯仲。赏雪的纪伊国屋的院子里撒满了金银,原本平坦的雪地上踩满了前来捡拾钱币的人的杂沓脚印,使纪伊国

---

① 纪伊国屋文左卫门是元禄时期的著名大富豪,川柳中也有"纪伊国屋,挥金如柑橘"的诗句来形容他的富有。原本传说纪伊国屋文左卫门是靠把纪州的柑橘贩卖到江户发的财,而实际上他是一个木材商人,从幕府获得了很多独家销售权而发迹。
② "川柳"是日本诗歌的一种,与俳句一样,也是十七个音节,按照五、七、五的顺序排列。它以口语为主,没有季语、助动词的限制,比较自由,多用于表达心情,或者讽刺政治或时事。

屋的赏雪化为了泡影。一提起江户商人，浅子的脑子里都是这些富商豪放的故事。

大阪有句老话，叫做"多脏的东西也要弄干净再吃"，意思是教育大家即使钱的来路不那么干净，也应该把钱花在干净地方，也就是说，钱的用法必须干净。

对别人很吝啬的人，往往愿意把格外多的金钱花在自己身上。比如在毛利的会客厅里就摆放着很多貌似价格不菲的摆件，当然这些东西并不符合浅子的品位。

对于毛利毫无诚意的待客方式，浅子感到十分生气。可转念一想，又觉得自己不能还没见到真佛就服输了。通常浅子处于不利地位时，总是有本事将形势逆转，可今天浅子想到恐怕毛利并不是个俗人，所以她这边的应对方法恐怕也要有所调整才行。

"真美味啊！"

浅子冲着墙壁大声说道。

实际上，那杯热水也确实像是沁入了浅子脾胃的甘露，对于已经冻得透心凉的浅子来说，还有什么比一杯热水更美味的呢？

"今天真是让您久等了，但实不凑巧，主人不太方便，没法见您了，麻烦您改天再来吧。"

让人家等了这么久之后，女佣向浅子说了这些话。她的脸仍旧像戴着面具一样毫无表情。

"什么？留下人家等了这么久，这会儿又说见不了了？"

"嗯。"

女佣的脸色没有丝毫变化。

"改天,到底指的是哪天啊?"

"嗯。"

"你总是嗯呀哈的,我听不懂你的意思啊!你能不能好好回答我的问题?别总含含糊糊的!真是的!"

"主人很忙,好像还定不下来。"

"他是不是觉得天下只有他一个人最忙,别人都是大闲人吗?难道他觉得让加岛屋跑多少次冤枉路都无所谓吗?"

女佣低下头不说话了。只见她走到玄关处站好,一副送客的姿态。

"只能请您多来几次试试看,我家主人偶尔也会回到这边来的。"

女佣向正在穿鞋的浅子说道。

"如果是这样,你今天一开始就告诉我主人不在不就行了吗?真不会替人着想!"

到底是佯装不在家,还是真的不在家呢?真是真假难辨。毛利到底是不是一个随意践踏人与人之间信任的人呢?浅子一时还无法把握这一代才富起来的毛利友信的实情。

有意思,我一定要见到他,好好看看他是何许人也?浅子出于商人的视点,对毛利产生了极大的兴趣。

"在东京生活可真够不方便的呀,什么事都不愿意说清楚。不过,您那杯水真热乎,真太好喝了!这么好喝的热水,我还是第一次喝到。谢谢您的款待了!"

浅子悠然地说着,走出了毛利的宅邸。

这注定将成为美好的回忆!在加岛屋最苦难的时代,被人家用一杯白开水招待,恐怕是一生也不会忘记的事,永远会残留在浅子的记忆中吧。

已经快七点半了。今晚还要赶到位于深川的三井别墅去。走了一会儿,浅子就喘不上气来了,即使这样,她还是一边喘息着一边加快了步伐。冬日的太阳就像水桶掉进井里一样落得很快,周围已经被黑暗所笼罩。

"少夫人,您没事吧?"

只见浅子的下人从路对面走过来。

"你怎么回事?一直在这里等我吗?我不是说让你先去别墅的吗?"

"可是我担心您啊,所以一直在这里等您呐。"

"真谢谢啊!冻坏了吧?"

刚刚在毛利家受到冷遇的浅子,看到自己的下人如此忠诚,内心十分感动。

两人一边问路,一边向着深川三井别墅走去。

"呦,你们是打听三井那座别墅吗?听说那屋子可闹鬼呀。"

也有路人这么回答。

终于走到别墅近前了。只见黏土围墙斑驳脱落,有一半几乎已经快要倒塌了。正门旁边的那棵树,也是疯长的状态,毫无修剪过的痕迹,庭院里荒芜一片。三井家的财务窘迫在这里也可见一斑。

正门及玄关都是昏暗一片,下人过去敲门,里面传出了应答声。

"谁呀?这深更半夜的!都这么晚了,有什么事明天再来吧!"

听这位想让来客吃闭门羹的人的口音,是典型的上方地区口音。浅子感到好亲切啊!

"我是加岛屋,从大阪来的。我们今晚要住在这里。我是广冈浅子。"

"哎哟哟,原来是浅子来了啊!"

说话人打开大门,居然是住在室町的三井家的高长。在三井家族中,就属他家混得最差,大家都躲着他、防着他。他每次到浅子的出水三井家来,几乎都是为了借钱。

"哎呀,这不是室町高长叔父吗?"

"哎呀一声,就是在向长辈问候吗?"

"叔父也到东京来啦?"

"这里可以免费住宿嘛。比那些小旅馆强,房间也多。"

高长似乎并不是一个人住在这里,感觉里面似乎还有别人。但浅子已经筋疲力尽,连张嘴问的力气也没有了。她爬上二楼的西式房间,倒身躺在了床上。

当浅子再次睁开眼睛时,早晨的太阳光已经从窗户里照射了进来。浅子感到四肢的各个关节都在隐隐作痛。不知是否由于半夜被咳嗽弄醒了两三次,头也昏沉沉的。可总这么躺着,时间白白流逝,真是太可惜了。浅子从床上爬了起来。

走下楼梯,只见高长正在厨房里准备早餐。餐厅里坐着一个女人。

"我和她,吃完这顿早饭,就都回京都了。我们在这里住了也都十天了。不过能在东京见到浅子,也真算是奇遇啊。"

大概是因为带了一个妻子以外的女人住在这里很不好意思吧,高长喋喋不休地一个人唠叨着。

"我本来是想一个人来的,可她不听我的,非要一起跟过来。"

虽然一直唠叨着,可高长的手里并没闲着,他细细地切着将要放入酱汤中的白萝卜。在三井家的男人中,能这么熟练地使用菜刀切菜的男人可真是罕见。

"加岛屋的日子也不好过吧?不知你们能挺到什么时候,真替你们担心啊。再怎么要强的浅子,也只能忍耐吧?"

"您可别在我面前说什么加岛屋会倒闭之类的话!"

对于越说越来劲的高长,浅子不客气地先给他打了个预防针。

"还是那么傲慢!三井和加岛屋都不行了!我全清楚!"

"您别在这儿胡说八道,好像看透了一切似的。"

"你怎么这么厉害!加岛屋的丈夫肯定受你管制,是个'妻管严'吧?"

高长竟然取笑到信五郎身上去了,这可激怒了浅子。

"加岛屋肯定倒不了!我就是拼上性命也会守护它!"

"拼死拼活地干,忙得双脚不着地,费尽了心思,最后却落得个全部家财灰飞烟灭,人生落下了帷幕。做商人,可真是痛苦啊!"

"叔父您迄今为止都是靠向别人借钱维持生计的,自己不劳动、靠别人赚来的钱过日子的人,没有资格说三道四!"

"你可真是自信满满啊!"

"您这辈子就打算一直不干正事,把夫人和孩子丢在家里不管,和其他女人一起度过残生吗?"

浅子戳到了高长的痛处。坐在餐厅里的女人,把后屁股冲着他们,假装什么也没听见。

"三井家定了各种让人头疼的规矩,憋得人喘不过气来。还是来去自由的生活,更符合我的个性。"

"作为一个人,必须得有引以为豪的东西。那种自豪可以打开自己的人生之门。三井家的人更该如此!"

"没什么可自豪的,我有的只是尘土。"①

高长玩世不恭地吐露着心中的不满。

"叔父,您要振作起来!"

"像我这样被三井家抛弃、断绝了亲属关系的落魄之人,你对我怎么说教都只是对牛弹琴!"

高长的脸上浮现出自嘲的苦笑。

"饿着肚子,总没办法战斗吧?我做的早餐,你也一起吃吧!"

高长带来的女人看起来很年轻,似乎比高长小很多。

"怎么样,多吃点儿,生个胖娃娃!"

高长端着饭碗和盘子放到女人的饭桌上。浅子已无心再与高长谈下去,她回到二楼,又躺在了床上。

自家的买卖和身体都已经到了极限。虽然在高长面前勉强支撑着表现得信心满满,但浅子心底的旋涡与不安,却不会轻易地被抚平。

"少夫人,您醒了吗?"

下人在走廊中呼唤浅子。

"我先去一下骏河町的三井家店铺去送个东西,一会儿就回来。"

"早饭还没吃呢吧?"

---

① 日文中的"自豪"与"尘土"发音相同。

"嗯,您的早饭我准备好了,有米饭和酱汤,您起来用吧。"

"你吃完再出门!"

"我准备在路上随便找个地方吃点,少夫人还没用餐,我哪能先吃呢,太失礼了。"

下人出门之后,浅子又睡着了。虽然心里着急,觉得时间白白流逝很可惜,无奈严重的疲劳感沉积在身体中,根本起不来床。

等浅子再睁开眼时,太阳已经高高地挂在上空了。独自吃完已经放冷了的早饭,浅子心中还是惦记着去毛利家,于是开始做外出的准备。加岛屋一半以上的借款,可都是向毛利借的呀。

三井家的这所别墅,以前是交给一对夫妇负责打理,并让他们住在这里。后来三井家实施节约经费政策后,就不再雇佣这对夫妻了,转为委托住在附近的人帮忙打扫。当有人借住在这里时,会把钥匙交给住宿的人。浅子拿起高长留下的钥匙,锁上门离开了别墅。

今天还是大白天,很快就找到了毛利家。

"我家主人今天也不在家,您明天再来吧。"

"您家主人回来后,麻烦您告诉他,加岛屋的女主人来过两次。"

为了不重蹈昨日的覆辙,浅子快速离开了毛利家。每次呼吸都听到胸口深处发出呼噜呼噜的声音。回到三井别墅,下人还没从三井钱庄回来,浅子也没吃饭,又躺到了床上。

一想到不知今后将会怎样,浅子的神经就紧绷起来,睡意全无。她起身走到厨房,煎了中药,一口气喝完。浅子想,明天不出门了,让身体喘口气,休息一天吧。可转念一想,万一毛利就明天在家可怎么办呀,不行,还得出门。浅子翻来覆去,终于睡着了。

次日,浅子早早地离开了别墅。头痛欲裂,双腿也跟灌了铅似的沉重。花了比前一天长很多的时间,终于走到了毛利家。

"我感觉今天能见到毛利大人,所以我又来了。都来了三次了,能看出我的诚意了吧。您跟毛利大人说了吧,我昨天也来过?"

由于正门开着,所以浅子今天是从正门进来的,她直接请女佣向里面传话。

"我家夫人有客人来,老爷正在一起陪客,老爷说,请您改日再来。"

第三次无功而返,把浅子气得直跺脚。可为了见到毛利,无论白跑多少次也得跑啊。走出毛利家的大门,浅子感到身心俱疲,眼前发黑,咕咚一下栽倒在地上。

气温还在下降,天空乌云翻滚,雪花飘落下来。浅子实在没有站起来的力气,就那样脸贴在地上趴着。

"少夫人,您怎么啦?"

下人跑过来扶起浅子。

"骏河町吩咐我做其他事,花了两天时间才做完。我看您不在别墅,我想肯定在八山。"

"谢谢你。这边的事情很不顺呀。"

那么坚强的浅子,此时的眼睛里也是充满了泪水。

加岛屋现在一家老小都在祈祷我们此行顺利吧,我们是背负着全家人的期望离开大阪的,可却连一个好消息也捎不回去。

"听三井钱庄讲,毛利大人给三井那边递话说,借给加岛屋的钱款,希望在年底前还清。"

"真奇怪,每天都去他家找他,他为什么不直接跟我说呀,这是在挖什么陷阱吗。"

毛利一方面在催促还钱,而另一方面却避而不见自己。这样一旦还款期限过了,用作抵押的加岛屋的房产就再也拿不回来,变成毛利的囊中之物了。

浅子调转脚跟,再次走进毛利家的大门。她的双脚如踩着棉花似的,好不容易走到玄关处,眼前一黑,又昏厥过去了。

"谁快来帮帮忙啊!我家少夫人她……"

下人拼死呼叫着。

"这是怎么了?哟,头好烫啊!快进来,我马上叫医生!"

毛利夫人叫来女佣,快速地发出了指令。浅子被扶到会客厅的长椅上躺下,其间,毛利夫人命人在稍微隔开的另一个房间里准备好被褥。

"你是不是太勉强自己啦?"

"您是毛利夫人吧?我无论如何想要见您丈夫一面,有关加岛屋借款之事……"

浅子已经意识蒙眬,话也只说到一半。

"知道了,现在我最担心您的病啊。"

"我就是死了,加岛屋也……"

"您沉住气,我一定把您的想法转告给毛利。"毛利夫人向浅子保证着。

浅子从那天开始高烧不退,一直处于昏迷状态。医生说必须保持绝对安静,与护士一起一刻不离地守护在浅子身边。

"请您不要抛弃加岛屋啊!您帮帮加岛屋!求您了!"

浅子的嘴里时不时地冒出这样的呓语。几天后,烧退了,浅子终于恢复了意识。毛利夫人不断命人送来插花、水果及甜品。

"加岛屋的少夫人,好像真吃了不少苦啊!我就像是个发出去的炮弹似的,一旦离开家就不知道什么时候能回来了。"

在浅子终于能坐起身来的那天,毛利亲自来了。令人意外地,对于浅子的肺病,他似乎并没有特别的戒心,看起来似乎是个亲切慈祥的人。

"我听说少夫人为了这件事,真是把命都豁出去了。惨了,这次我算是服输了。"

"真感谢您!"

"您不是一两次挫折都不退缩吗,真不愧是大阪第一的女商人!可商人最忌讳徇私情,延期可以,但你们晚些还款的款项筹措,有着落了吗?"

"嗯,我们借给大名的钱,新政府会替他们还给我们的,我有可靠的消息来源。"

毛利的目光严峻。

"可靠的消息源指的是?"

"这我不能告诉您。"

"我经商的原则是不能铤而走险。疑点很深啊!"

"三井的消息。"

"哦,是豪商三井吗?少夫人,您和三井家的关系那么亲近吗?你们可是'同行冤家'啊。"

"三井是我的娘家,我生在三井十一家中的出水家。毛利大人,当时向您借这么多钱,也是请三井介绍斡旋的。您到现在竟然都还没搞清楚三井与加岛屋的关系,这也算是您的一个漏洞吧。"

"呀,这可糟了!被你抓住一个把柄。"

毛利摇晃着巨大的身躯笑了起来。

"不管怎么说,您也算够胆识!说话这么直率的,我这辈子还是第一次见。"

虽然承蒙着毛利家的关照,但浅子的态度中并没有一丝一毫的卑微。她在与毛利暗中较量。

"先祖世世代代建立起来的加岛屋,我要把它守护好。我的想法很单纯。"

浅子心里也并不知道什么时候才能把钱还上,但如果在这种场合说出钱有可能还不上的话,那就万事皆休了。加岛屋肯定会落到毛利的手中。绝对不能讲实话,绝对不能有一点示弱。这就体现出商人的谈判能力了。毛利评价浅子是个直率的人,倒让浅子感到有些茫然。

"我们不会只依靠新政府,世道变了,我们也会推出符合时代脉搏的新的商业项目。我们加岛屋将依靠新商业项目赚取更多的利润。"

"我想知道你们打算做什么?我也对能赚钱的事很感兴趣。如果你告诉我的话,我可以考虑听你的。"

"我怎么可能告诉您呢。"

"你说什么?"

毛利脸上的笑容一下子收敛起来,他的目光变得很尖锐,圆圆的眼睛瞪视着浅子。

"商人就是靠相互竞争、相互挖墙脚生存下去的,加岛屋将要做什么,那是秘密。毛利大人也不会将自己家的买卖今后准备如何发展,轻易告诉别人吧。"

除了钱两兑换等钱庄生意外,到底还能做些什么,浅子也还没想出什么好主意,她即使想告诉毛利也不知道该说什么好。

"嗯,你说的倒是有道理。就冲你这个气概,应该能办成大事。好,一直到新政府发布政策为止,我同意无利息地延长你家的借款。"

毛利豪爽地笑着,走了出去。

之后,浅子在毛利家住了将近一个月,连新年也是在那里过的。这场病倒成了她与毛利见面的契机。延长账期的交涉任务圆满完成,加岛屋总算是渡过了一个危机。浅子来东京的目的基本达成,一月中旬她踏上了返回大阪的旅程。可是,欠毛利的钱一天不还完,这桩心事就不算彻底了结。除此之外,其他亟待解决的问题还多着呢。

"银目废止"宣布之后,二百三十五个藩发行的藩币还在市面上流通着。庆应四年四月,在藩体制还存在的前提下,幕府的直辖领地、皇室领地、神社寺庙领地均实施了府县制,政府在各地设置了知事,并发行了府县货币。

明治新政府为解决自身资金匮乏的问题,采用了原福井藩士三冈八郎(由利公正)的意见,发行了太政官方货币。票面有十两、五两、一两、一分、一朱五种。另外还由民部省发行了二分、一分、二朱、一朱等小额货币。

国内外的贸易活动逐渐繁盛起来。为振兴贸易,新政府与三井等几家官商共同设立了半官半民、日本最初的综合贸易股份公司——通商会社,为了给通商会社筹措资金,又共同设立了一家半官半民的金融公司——为替会社。

该金融公司在市面上流通一百两、五十两等六种金融公司纸币,而该金融公司设在东京的机构还发行了小额银票,设在横滨的机构发行了以美元计价的洋银票。于是,各种货币流入市场,使货币制度复杂化,经济上呈现出很大的混乱。

在这种社会大环境下,浅子焦急地等待着新政府给钱庄兑换商人的新政策的出台。她积极地参加各种商人聚会,想在第一时间得到相关信息。对于加岛屋再次复兴的期待,渐渐地落在了浅子的双肩上。看到已经可以把加岛屋的后事放心地托付给新一代女主人,当家主人广冈久右卫门正饶于六十四岁时安心地闭上了眼睛。

正饶死后,加岛屋的本家被民部省任命为上述为替会社的行长及通商会社的社长。这意味着加岛屋被赋予了新时代经济的主导权,当然是令人欣喜之事,但新政府对于大名那些借款的救济政策依然杳无音信。

此时,有人通报说,位于今桥的钱庄天王寺屋倒闭了,那可是浅子同父异母的姐姐阿春的婆家。浅子的眼中不禁浮现出阿春与孩子们一起玩手鞠时脸上盈溢着的慈祥的笑容。听说由于负债将家屋抵押出去,天王寺屋一家老小都搬到谷町长屋去了。浅子想尽快见到阿春姐,恨不得立即出门去打听她们的住处。但咳嗽虽已减轻了不少,每天一到下午还是发低烧。浅子选了身体状况较好的一天,唤来了轿夫。

从天满桥一直向南,进入谷町后左转有一个铜店,从那里往南走一点儿有一座宝泉寺,听说阿春她们就住在那座寺庙另一端的不远处。在宝泉寺前浅子下了轿,往前走不远就找到了谷町长屋。这是一溜很破旧的房子,与其叫长屋,不如叫贫民窟更为贴切,一想起同父异母的姐姐竟然住在这种地方,浅子的心不禁收紧了。

那些穷苦人家的女人,正在井边洗衣服或洗菜,她们都向路过的浅子身上投来羡慕的目光。浅子看到有一个房子的破门敞开着,屋里土地上放着口锅,里面煮着些白萝卜尾巴和鱼的内脏之类的食物。从下水沟挡板间不时飘出一股股污水散发出的臭气,浅子禁不住用袖子捂住了口鼻。

再往前走,又有一口井。只见阿春正弯腰低头在做着什么。浅子觉得阿春姐的脖子变细了,双肩也仿佛消瘦了一圈。

"阿春姐!"

浅子这么一叫,只见阿春惊得浑身一颤,似乎不愿见人似的猛地背过身去,扭头就跑,她消失在前面的长屋中,砰的一声关上了屋门。

"阿春姐,你开门呀,我是浅子!原谅我一直没来看您!"

屋子里的顶门杠似乎并没有顶上,可门却始终紧闭。

"这人是谁啊?看起来并不那么亲似的。"

众人都好奇地凑过来,把浅子围住了。

"你快回去吧!"

"为什么不让我进去呀?都那么久没见了。"

从格栅门的破洞里可以清楚地看到里面,浅子从那个洞口呼唤着阿春。

"你这么大喊大叫的干什么!"

阿春终于下决心拿开了顶门杠,打开了屋门。屋子里面比外面更脏,墙壁脱落,露出的稻草横七竖八地翘着。墙上的漏洞,是用一团团的纸堵上的。铺了木板的房间地面上满是缝隙,上面铺着一张草席,草席上到处扔着做手工活的针头线脑。

阿春穿着一件打着补丁的和服,发髻并没有绾起,而是在后面扎成一束。脸上和手上都长了皱,那张透着寂寞的脸上充满着冷淡苛刻的表情。

"孩子们呢?"

"婆婆带出去玩儿了。"

在这么拥挤的房子里,还要和婆婆一起住,浅子觉得阿春真是够可怜的。

"买卖上有难处,怎么不跟我们商量商量呢?"

"我丈夫说,所有钱庄的日子都不好过,加岛屋也挺艰难的。"

"是嘛。我们倒也是泥菩萨过河啊。没能照顾到你们,真是抱歉!"

心灵手巧的阿春,靠缝缝补补倒是能让一家人吃上饭。

可背负的巨额债务怎么还呢?

"姐夫呢?"

"他呀,一大早就挑着扁担出去卖货去了。"

"是嘛,他也在拼命奔生活呀。走街串巷的,腿脚和腰杆会变得结实,是好事。"

见浅子这么乐观地接受了现实,阿春的脸上才浮现出笑容。

"天王寺屋竟然到了这步田地,你好好看看我们都惨成什么样了!"

"你可不要这样自轻自贱。人的一生难免有沉有浮,心胸要开阔,对未来要充满希望,第七次跌倒,也要第八次爬起来。不,你看我们家已经是第九次跌倒,第十次爬起来了!"

阿春真诚地点着头。

"别灰心,找到适合姐夫的生意,再一次把店开起来吧。"

"我也这么想。可叫人寒心的是,以前笑脸相迎的那些家伙,突然一百八十度大转弯,都开始欺负我们了。"

"你千万不要被那些小人扰乱了心绪。咱们不怨天尤人,咱们靠自己拼搏努力。"

"近江商人,靠着一根扁担把生意做大,我们也可以做到!"

"就得有这股决心!"

"加岛屋真了不起啊！浅子你从小就有经商才能。"

"一味觉得自己有才能，反而把自己耽误了的例子也是有的。我们能走到今天，主要是靠着一股不服输的精神，才强撑过来的。"

看着天王寺屋夫妻的样子，浅子想如果一步走错，自己家也会是这个样子吧。时代的变迁，导致钱庄原有的很多生意都难以为继了。

在从谷町回来的路上，路过松之内时，浅子看到了一些无忧无虑地玩羽子板的孩子。在阿春家，恐怕连过节都吃不上一顿杂煮了吧。名门天王寺屋的落魄，真是深深地刺激了浅子的神经。

就这样被动地傻等着，恐怕前途会是黯淡一片。难道就没有什么符合时代潮流、能取代兑换钱庄的买卖了吗？从谷町回来后，浅子开始比以前更加认真地思考此事。

在天王寺屋之前，和泉屋、升屋、炭屋、万屋均纷纷破产，大阪的钱庄只剩下最后两家，一家是加岛屋，另一家就是号称借给大名银一千四百七十三贯、约二十四万两（一百二十亿日元）的鸿池屋善右卫门了。

明天倒闭的会是谁呢？是鸿池屋，还是加岛屋？关于这两大钱庄的流言蜚语，在大阪城内满天飞，成了街头巷尾议论的焦点。

萌　芽

为清理日本复杂的货币制度,研究如何统一币制,大藏少辅伊藤博文出访美国,考察美国的经济形势后返回了日本。

其结果,日本政府形成一个草案,准备全盘接受金本位制,进而设立银行,并授予银行发行纸币的特权。在国内,也有建议银本位的意见,但伊藤强力主张金本位制,毫不让步。

政府还颁布了废藩置县令,实施了三府七十二县令。旧藩主都被调到东京,从中央政府向各地方派遣府知事或县令,中央集权制逐渐形成了。

明治新政府发布文书,表明要对各藩进行经济援助。救济内容包括把各藩迄今为止欠下的债务承接下来,藩币可以按时价进行兑换等内容。由于有了这样的政策文件,一部分藩开始积极地将藩政权还给中央。

士族们将君主给予的世袭俸禄上交,取而代之,政府根据不同身份支给他们相当于几年甚至几十年总额的金禄公债。由于大名们到手的公债金额巨大,很多人逐渐又变身成了地主或资本家。

浅子所期待的新政策终于由政府颁布了。是关于钱庄借给大名们又得不到偿还的钱款的处置方式。

第一,天保十四年(一八四三年)之前的旧债,新政府不代替偿还,一笔勾销;

第二,弘化元年(一八四四年)至庆应三年(一八六七年)之间的债务,分五十年无利息偿还;

第三,明治元年(一八六八年)至明治四年(一八七一年)之间的债务,付四分利、以新公债分二十五年偿还。

上述救济方案,对于抱有很高期望值的浅子来讲,简直是个令人失望的结果。但只要新政府的政策一公布,毛利的钱就必须马上偿还,这一条必须遵守。可这种几乎无法让人受惠的政策,逼得加岛屋不得不考虑其他生财之道了。

日本的经济迈入了划时代的变革期。政府决定采用十进位法,将元、钱、厘等作为新的货币单位。一两与一元等值。金币发行了二十元、十元、五元、二元、一元共五种。作为辅币的银币,发行了五十钱、二十钱、十钱、五钱共四种。还附加发行了一元的贸易银,以及决定铸造三种铜币。

为了使旧币与新币得以顺利兑换,大藏省发行了兑换证券。该兑换券业务由三井独家承揽。当时冒险为新政府筹措军用资金的高喜的赌局,终于结出了丰硕的果实。

与货币制度改革并行的,是日本同时决定引入银行制度。这是按照从美国考察回来的伊藤博文的意见决定的,可以说,日本的银行制度完全是照搬美国。

浅子听人家讲,美国的 BANK① 这个单词,是从意大利语的 BANCO 演变而来的。BANCO 是桌子的意思。商人聚集之地,桌子上往往摆满进行交易的钱币,从这个习惯衍生出来的词汇。

意大利语 BANCO 这个词,引起了浅子的兴趣。而且,浅子也十分关心经营新货币的银行这种机构。

在日本经济的变动期中,浅子每天都不停地在摸索新的商机及加岛屋的未来走向。她也想和信五郎商议商议,浅子心里对把什么事都全权交给自己的丈夫多少有些不满。

"小藤,我家先生呢?"

"今天好像还没回家来呢。"

"真没办法!都像他这么优哉游哉,早晚会被这个时代抛弃的。"

"我回来了!又在说我什么坏话呢?"

---

① 英文。银行的意思。

信五郎走进屋来。

"你连去哪儿了都不说一声,真是的!"

"对不起了,夫人!"

信五郎使出先行道歉的惯常招数,浅子的气顿时消了一半。

"又是学谣曲去啦?您这么热心地学,应该已经唱得很不错了吧?您能不能把这些劲头分一点在做生意上面?"

"我又不是光玩儿。一起学谣曲的,全是做大买卖的商人。即使没谈成什么大生意,大家也相互交换了不少消息啊!"

"是吗?要是能有些有价值的消息就好了!"

浅子嘴上虽这么说,但对信五郎的话并没抱什么太大的兴趣。

"还真有个大傻子,竟然说你们做钱庄的加岛屋还不做做煤炭生意。"

"煤炭,是那种会燃烧的石头吗?是把石头买进来再卖掉吗?"

"不是,是把埋藏着煤炭的山买下来,然后挖掘。"

"那可真是个艰难的工作。挖出来,卖得出去吗?"

浅子开始侧耳倾听。钱庄与煤炭,真是个奇妙的组合。

"机械化文明,从西洋传进来了,听说对于煤炭的需求眼看着往上涨。还有一种叫做火车的运输工具已经开始跑了,它也需要靠烧煤才能跑起来。"

从东京新桥到横滨之间的铁轨已在铺设中。陆蒸汽①是让煤炭燃烧产生水蒸气,靠蒸汽的力量推动活塞,才让巨大的铁皮火车得以奔跑起来。

"如果目前刚在铺设铁轨的话,那要很久以后才需要这些煤炭吧?"

"不光是铁道,外国的船都是靠机械行驶的,动力都是煤炭。所以那些外国船一驶进日本港口,就都说想要买煤炭。"

日本国内目前的采掘量根本不够用,听说政府已经决定要正式开采阿伊努人居住地的煤矿了。

"跟你说煤炭今后好卖,劝你买煤矿的人,他自己为什么不买?"

"他也想出手,可惜买矿山需要很大一笔资金,他筹措不到啊。"

信五郎自己当然也没想买什么矿山。

西洋文明流入后,日本人的生活方式发生了显著地变化。在东京,很多人开始模仿西洋人,穿西式服装。于是,裁缝店这种新的商业开始繁荣起来。在横滨,比灯笼不知道亮多少倍的煤气灯已经立在街道两旁了。

如果守住旧观念不放,肯定会被文明开化的新社会所

---

① 陆蒸汽是日本明治时代对"蒸汽机车"的俗称。

淘汰。不把任何可能排除在外,对于任何新事物都应积极地去面对。浅子一想到这些,感到煤炭这个东西越来越从她的脑子里挥之不去了。

浅子拜托高喜,一旦到三井的大阪店铺来,一定要顺道来一下加岛屋。浅子想知道更多关于煤炭的信息。

三井家深受新政府的信任,逐渐成为日本经济的核心存在。其中,高喜作为三井的大元方、大实业家,在商界异常活跃。

"这次又是什么事呀?"

几天后,高喜出现在加岛屋的店头。高喜一张口,代替寒暄语的竟然是这句话。高喜已经预感到,浅子正在考虑一件还没有拿定主意的重要事情。

"听说有种买下矿山、挖煤卖的生意。您觉得这种生意有发展前途吗?"

高喜刚一坐下,浅子就迫不及待地开口问道。本来信五郎那天说起煤炭的事,也只限于在那个场合说说而已。见浅子那跃跃欲试、真想动手做点什么的样子,信五郎有些坐不住了,他开始焦虑不安起来。

"做生意就是要靠取得先机制胜,三井家父亲经常这样告诫我们。所以我觉得看好的生意,就要趁别人尚未出手时,先发制人。"

高喜办事向来思维缜密。对于浅子的提问,大多不会立即回答。将近五十岁的高喜,明治维新以来,为新政府立下了汗马功劳,被终身赐予十人俸禄①。所以高喜的格调又提升了一等,行事更加慎重了。

"未来的前景,值得期待。"

隔了一段工夫,高喜给出了结论。

"不赚钱可不行!不重振加岛屋,怎么对得起先祖们呢?一想到要做别人从没做过的新生意,我心里真是按捺不住地激动。"

浅子性格豁达,快言快语。

"经营矿山,是一件可以增强日本国力的有意义的事业。但它很不简单!它可不像经营钱庄那样,坐在店里就把生意做了。"

高喜虽然对矿山的前景给予了肯定,但脸上的表情十分严峻。

"你必须跟那些矿工打交道,让他们好好挖才成。可那些人都是些不服管的糙爷们儿,必须得有能撑得住场面的大男人去监督管理才成啊。"

"您觉得我不行吗?"

浅子的心绪已经先行起航了。与其说在商量,不如说是想说服大家。

"不管是谁拍着脑袋想一想都会明白,女人怎么能干

---

① 按每人每日玄米五合(约七百五十克)的标准计算出一年所需的米或金钱为一人俸禄。再乘以十,就是十人俸禄。

成这个呢!"

信五郎插进话来,表明了自己的反对态度。可浅子摇着头说道:

"没那么回事!我一定做给你看看!"

高喜到底是什么态度呢?大家都把目光投向高喜。

"浅子的话嘛,也许能做好!"

很意外的,从高喜口中冒出了这句肯定的回答。

"您说的别提多对了,义兄!"

浅子一个劲地夸奖高喜有眼光,是伯乐,能看出自己这匹千里马。信五郎不禁也冲着浅子笑起来。

"赚很多很多的钱,让加岛屋再次成为京都大阪地区第一品牌!"

浅子站起身,双臂举起,大声喊着万岁!

信五郎与高喜对视一笑。

高喜看出浅子从小就具有商业才华。他最佩服的一点是浅子对数字特别敏感。一般的女子往往对数字没什么概念,而浅子却很好地克服了这一个难点。

"京都也要成立铁道公司了,上面让我去做社长。所以,煤炭产业的发展,肯定错不了!"

"这件事就这么定了,看来得赶紧动手了!"

"浅子,沉住气!今后如果想做大生意,靠一个人是不可能的。必须靠大家群策群力,分担做事才可以。"

高喜又说出了令人耳目一新的话。但对于现在的浅子来讲,除了煤炭,脑子里已经容不下任何东西了。

"记住,只要是朝着政府鼓励的方向去做买卖,肯定错不了。其中一个就是设立银行。煤炭也可以先行一步,政府早晚会推出鼓励政策的。"

具有实践家素质的浅子,想立即动手推进买矿山一事。信五郎只好跑到提供这一消息的谣曲伙伴家中去细问其详。

"真是个不负责任的家伙!到这时候了,又说他也不太清楚那件事的出处。"

没隔多久,信五郎回来了。浅子听后感到很失望。可仔细一想,即使能马上找到卖主,钱也还没准备好呢。

"我说,咱们需要钱啊!"

不管做什么事,首当其冲的还是钱的问题。

大约二十天后,高喜来了一封信,信里写了关于矿山的事。

九州筑丰矿山的支脉,有一座矿山要出卖。矿主死了,没有后继者,遗孀想把矿山出卖。据调查,该煤矿所开采的煤炭质量非常好,埋藏量也丰富。在信的最后,还写有该矿山的大致预计采掘量。浅子决定经营矿山的决心更坚不可摧了。

"说什么我也要经营矿山!我一定不给加岛屋添麻烦!"

浅子把高喜的来信拿给信五郎看,并再三地请求信五郎。

"我还是放心不下。九州实在太远了!"

对浅子的任何想法从来都听之任之的信五郎,这次却一直没有做出同意的表态。因为他觉得以一个女人之身,深入到九州那么一个相距甚远的地方,实在是太让人担心浅子的安全了。

"不管是阿伊努人居住地也好,九州也好,只要是为了生意,我都愿意去!比起北海道来,九州不是还稍微近一些吗?"

目前在国内,煤炭开采量最大的是北海道。一进入安政年间,政府马上就开始了开采工作。

"可对于矿山,你是个大外行啊!"

信五郎还是不愿吐口说同意。

"第一,目前的加岛屋,能拿出买矿山的钱吗?"

"我最担心的,只有这一条。但我想先把要买矿山的事定下来之后,再去考虑筹钱的事。只要能挖出煤来,就能卖个好价钱,这可是千真万确的!"

不管做什么事都会有个痛苦的过程。特别是煤矿的经营者,基本上可以说在整个日本都还是个全新的事业。从钱庄一下子跳到煤炭,商业跨度之大,除了能让人想起"冒险"二字之外,几乎就没有其他词汇来形容了。

"连毛利家的钱都还没还完呢,你打算从哪里再去筹钱啊?"

加岛屋的负债额还没怎么减少,如果现在再出手做新事业的话,还要增加负债。所以,信五郎想来想去,得出的结论还是否定的。

"要真是能赚大钱的好买卖,别人也早都出手做了。我听说有人开始做之后,又因为看不清未来的发展前途,感觉有风险,又卖掉了呢。"

"那都是些没有勇气的人,胆小鬼是根本做不来那些需要痛下决心的生意的。如果要做,就得先好好地计算一下收支问题。"

"我看还是算了吧。"

"我相信高喜义兄的判断。正因为别人都还没做,咱们先做了,才没有竞争对手呢。只要看清销路,就没必要再犹豫了。"

浅子已经站起身来了。

"我出趟门。"

"你要去哪儿呀,夫人?"

"还用说吗,九州的煤矿呀!要买下的地方,总得自己先去看看吧。"

浅子打开衣柜的抽屉,取出旅行要带的衣服。政府如果真要大张旗鼓地搞开采,其他商人也马上就会蜂拥而至。开采量一旦增大,销售竞争就变激烈了,价格当然就会下滑,利润率就会减少。所以,必须抓紧每一分每一秒快速行动起来才行。浅子的脑子里,不断地转着这些念头。

"可你到底打算怎么筹钱呀?"

"是啊,怎么筹才好呢?"

"你这样像话吗?你自己都没想好!"

"您也清楚,您的夫人想做什么,从没因为别人反对而停止过!从小我就这样。那句老话怎么说来着,三岁看老!"

在坚持己见的浅子面前,信五郎终于投降了。自从与浅子结婚后,信五郎就总是被浅子推着拽着往前走,其实从心底里,信五郎是深深信赖浅子的。

"咱们必须把加岛屋的负债额再整理一遍。看看咱们借给各藩多少钱?新政府总共能赔给咱们多少钱?"

哪怕只是看一眼也好,一定要去一趟九州。已经下了决心的浅子,此时弯腰坐了下来,噼里啪啦打起了算盘珠子。接下来要考虑的事,就是如何凑足资金了。她首先想到加岛屋目前拥有的资产中,有没有能换成现金的呢?土地、可供出租的仓库,还有自己带来的嫁妆和自己的陪嫁金。陪嫁金是富商们在嫁女时为了显示自己的富有而送给出嫁女的一笔钱,没有特殊情况是不会动用的,一般会终生带在身边。浅子嫁过来时正值三井财政紧张时期,所以这笔钱并不多,但浅子还是打算把它也放入到投资煤矿的资金中去。

浅子把一直收藏着的嫁妆清单找出来,在值钱的物品上做个记号,然后再大致换算一下值多少钱。

衣柜二十一个、木箱七个、唐风六脚柜、三层柜、屏风、手提箱、矮柜、古琴、贝桶①等。和服类中,除重要仪式上要穿的纯白和服"白无垢"、婚礼时穿着的"打褂"等和服之外,浅子打算把她拥有的七十七套振袖和服全部处理掉。这些全是父亲高益在世时长年累月为浅子准备下的,单拿振袖和服来看,件件都是普通人家的女孩子们一辈子都不知能否买上一件的珍品。浅子让小藤帮忙整理,几乎忙乎了一整夜。

"夫人,您这么劳累,身体受得了吗?"

"真不可思议,竟然也不怎么咳嗽了,大概是药起了作用吧。"

小藤对浅子的献身精神,在加岛屋可是无人能比。一到时间就督促浅子服药,只要听说有对浅子健康有益的东西,无论多远都会跑去买,她为浅子买来很多欧洲舶来的珍品。

"我是托小藤的福才好起来的!谢谢你了!"

"哪儿的话!我觉得是夫人要重振加岛屋的坚定决心,把病魔给压下去了!"

小藤真是太谦虚了。她一心只想要照顾好浅子,以至于有人给她提亲,她也不愿意向加岛屋请假去见上一面,就

---

① 江户时代在官僚子女中流传一种找成对贝壳的游戏,游戏规则有点像今天的连连看,亦是后来和歌纸牌等游戏的前身。装蛤贝的容器称"贝桶"。贝壳因其一对一的性状,被传是象征贞洁的信物。所以官家嫁女儿时,陪嫁的嫁妆中必有贝桶。

这样,婚事一拖再拖。

"这么多年你一直照顾我,眼看着你也老大不小的了,可我总是撒娇让你照顾,害得你还没嫁出去,真对不住你!"

"迄今为止也有过几次不错的机会,但我都拒绝了,我想一辈子留在加岛屋伺候您。"

"可我有一件事,想拜托小藤呢。"

浅子的态度突然一转。小藤意识到这肯定是一件非常重要的大事。

"什么事,您说吧。"

"我即将去九州,没法再照顾我丈夫了,小藤,加岛屋就拜托你了,我希望你把它当成自己的家来看待。"

"您这话不是白说了吗?我是陪您从三井家一起过来的,您去九州我肯定也会陪您一起去的呀。"

"我请你留在大阪。我希望你好好照顾我的丈夫,别让他感到有任何的不便。"

"是吗。"

"好吗,小藤?我希望你代替我,把我丈夫身边的事都照顾好,好好守护加岛屋。"

浅子所讲的话,寓意深刻,小藤是不会听得懂的。浅子是想把信五郎的一切全都托付给小藤。

"小藤,我全都同意,你照着我丈夫说的去做就是了。"

小藤的理解仅仅停留在浅子不在期间,要下决心守护住加岛屋,不要出什么乱子。

令浅子意外的是,高喜和三井的一位管事将要陪同她一起前往九州,这令浅子更是信心满满。他们择日出发了。

隔了两天的一个深夜,小藤被信五郎叫到房间里,信五郎说嗓子干,想喝点水。

"小藤,你别回去了,就在这屋里休息吧。"

喝完水后,信五郎说道。这句话,让小藤感到内心慌乱,近乎要崩溃了。难道在夫人不在家期间要发生如此重大的变故吗,她深感不安和不知所措。

"这是夫人的命令,浅子认为能把加岛屋放心托付的,只有小藤你呀。无论是你还是我都拧不过夫人啊,逃也逃不掉的,那可是日本第一的女子啊,我们只能服从她吧。"

听到想把加岛屋长期托付这句话,小藤的眼泪流了下来,她的内心像敲早钟一样不能平静。即使想逃走,双腿也僵住动弹不得,连站也站不起来了。

"来,到我这边来!"

信五郎双臂抱住小藤那瘦小的身体,把她拉到自己胸前。

"这是夫人允许的,你就认了吧。"

在信五郎的怀里,小藤流着眼泪,心中不停地向浅子致歉。

对矿山的视察结束后,浅子快速地返回到大阪。现在任凭是谁,也无法再改变她要经营煤矿的决心了。

"这就是叫做煤炭的会燃烧的石头!"

刚一进家门,浅子就很自负地拿出一块黑石头给大家看。

"呦,这么有光泽,这颜色可真漂亮!"

信五郎也是第一次见到煤炭,他也感到真是个稀罕的宝贝。

"小藤你也仔细看看。"

见小藤一直很羞涩地低着眼皮看着地面,浅子特意冲着她说道。

"这就是煤炭呀,真稀罕啊!"

小藤用小巧的手,摸了摸石头。

"这就是能让加岛屋复兴的宝贝,我们大家要爱惜它!"

等大家都看过后,浅子把它连同另外带回的两块煤炭一起,用真丝包袱皮包裹起来,放进了壁龛中。

无论如何,买矿山的资金要尽快凑齐才行。浅子的那些嫁妆,三井家族的女眷们已经决定会各自分担一部分买走,加上陪嫁金,还有政府对于大名借款的补偿金,全凑在一起也还是凑不齐买煤矿所需的资金总额。

"矿主是个姓山村的寡妇,是位直率、人品好的太太,我求求她,看能否同意咱们分期付款,我把手头的钱全都给她,请她同意算我们加岛屋先买下来。"

被逼无奈,浅子想出这么一招。她打算与矿主交涉,看能否先付给她一半款项,余款分三次还清。最终的还清年限,在协商的基础上决定。还清前,山村夫人继续参与经营,矿上每月付给她津贴。本着尊重对方的立场,浅子绞尽脑汁策划着买下煤矿的方案。

另一个获得资金的途径,是浅子打算卖掉加岛屋所拥有的可用于出租的大米仓库。在堂岛川河畔的一角,有一溜加岛屋的米仓。虽说可用于出租,但能收上来的租金有限。在自己这一代,哪怕是让拥有的土地减少一分,心里都很愧疚,但一想到买下矿山后,算上矿山所占的土地,所拥有的土地总量还是增多了,浅子的内心稍感释然。

"怎么样,钱凑得差不多了吧?"

信五郎凑近前来,看着正在打算盘的浅子问道。

"马马虎虎吧。"

浅子的脸上现出迄今为止从未有过的明快表情。

"加油吧,夫人!"

信五郎仍用惯常的调侃语气说着,轻轻拍了拍浅子的肩膀。

此时,大阪城内的风言风语已经开始四处弥漫了,诸如听说加岛屋出手买了矿山,真是不知天高地厚!听说还是他家老板娘要去做煤炭生意呢!大阪城首屈一指的加岛屋不会也去做那种投机生意吧之类的,真是闲话满天飞。

浅子对一切流言蜚语毫不放在心上,她向山村太太清楚地表达了自己所希望的做法。不久,收到了从九州寄来的回信,山村太太表示愿意把煤矿转让给真正想买它的人,这也算是对自己亡夫有了一个交代,她对加岛屋提出的条件没有异议。

浅子飞速地读完了这封信。她的第一个念头就是要尽快准备好资金,于是马上开始为出卖米仓一事四处奔走。她决定钱一准备好,马上就动身去筑丰煤矿。

果然像高喜所说的那样,几年后,政府推出了积极鼓励发展煤炭事业的一系列相关政策,其中一项政策就是民间资本可以去开发矿山。受该政策的鼓舞,很多财阀都争相投身到矿山的经营中来,可惜他们比浅子已经晚了十几年了。

虎口余生

浅子用手整理一下和服的前襟,顺便确认了一下怀里的东西还在。她的指尖触碰到了那硬邦邦的钢铁,在她的胸前睡着一支印有加岛屋家徽的丝质包袱皮包裹着的手枪。

眼前的冬日大海呈现出近乎臧蓝色的深蓝。一层层波浪猛烈地拍打着筑在海岸线上的墙壁。

"老板娘,我来得太晚了,真抱歉!"

煤矿长宫下终于露面了。

"我来的时候,看船到还早着呢,就想在码头旅馆里歇一小会儿,谁知睡死了。"

宫下一直辩解着。可浅子从满嘴道歉的宫下的态度里,还是感觉到了一丝难以言状的东西。

"知道你没到的原因就行了,一直在这里枯等,还真挺担心的! 好了,咱们先吃早饭去吧。"

浅子说着先行站起身,掀起码头餐厅的门帘,走了进去。

浅子这回是第二次来九州视察,第一次是从大阪经陆路过来的,这次她试着选择走的海路。事先已经与矿山联系过,约好了宫下会到门司港来接。浅子与原矿主约定好,之前的所有矿工都留下继续工作,矿长宫下也是一起留下的。

"船从大阪港出发后,途中曾在尾道和广岛港停靠,所以总共花了五天的时间。我刚才一直在想,要是宫下矿长不来接我的话,我可怎么办呀,真挺担心的呢。"

无论如何要先填饱肚子,浅子点了菜。饭菜被送到餐桌上来,有干鱼、小鱼、煮土豆、拌焊青菜、海苔、咸菜等,种类丰富。浅子把碗碟摊开,开始吃饭,她总共添了三碗米饭,还添了两碗酱汤。

"您胃口可真好啊!"

宫下被浅子的饭量惊到了。

"你看我这么能吃,吓着了吧?放心,我所吃进去的全部食物,都会转化成在矿山工作的活力。嗯,我吃好了!"

看浅子目前的食欲,很难相信她就是之前那个得了肺痨处于濒死状态的女人,她的体力得到了充分的恢复。可宫下却始终一副满怀心事的样子,不停地吸着烟,时不时地脸上还泛上一股愁云。给他端上来的食物也剩下了一大半。

浅子喝了杯茶,稍事休息。马上就要向矿山进发了,她紧了紧鞋带,套上了草鞋①。首先从门司港沿着日本海一

---

① 日本江户时代的草鞋,系以稻草编织而成,一般在走山路及长距离行走时穿着,非常便于走路,是过去旅行或登山时的必需品。

直前行,进入山道后,过了八幡,进入离开海岸线的平原地带,走很长一段路之后,再次进入山道。

冬日的太阳落山早,转眼间黄昏已经笼罩了大地。

出发前,浅子在加岛屋查阅过地图,看到从门司港到矿山不过是十余里的路程。从这个距离推测,如果早上出发的话,当天之内应该可以抵达矿山,浅子感觉已经算计好了。可实际走起来,一会儿翻山,一会儿越谷,比想象的要耗费更长的时间。

第一次来的时候,由于是和高喜义兄一起,所有的安排全仰仗义兄,是乘坐轿子往返的。这次宫下也建议乘轿子,但被浅子拒绝了。由于买矿山欠下了巨额债务,浅子觉得应该节约下每一分钱,放到买矿的资金中去。另外,她也想亲自走一走,用自己的脚来确认矿山的每一寸土地,她的这一想法非常强烈。

对于宫下这位矿长,浅子可以说是根本不认识,只听说他也是大阪人,所以倒是有一种亲切感。

"煤矿快到了吗,宫下矿长?"

"我看看啊,我们应该是终于走了一半路程了。"

宫下的语气听起来有点绝望。

一到夜晚,山里比平原地区的气温要低很多,阵阵寒气袭来,让人难以忍受,浅子对徒步这个主意也开始有些后悔了。

"老板娘,您打算怎么办呢? 在这深山里不可能叫来轿夫啦。"

"看起来,今晚只能在野外过夜了。这种深山里,估计也找不到能住宿的地方吧。"

"在野外过夜?那会被冻死的。"

宫下满是怨气地答道。

"肯定有办法,相信我,我运气很好!"

"这么不负责任的话,让人怎么听啊!"

"宫下矿长,你别那么生气,你抬头往天上看看,这么多星星!这满天的繁星,简直比梦里还美!"

"您还真有闲心!这么冷,到了早上真的就会被冻死的!"

"宫下矿长,你顺着我的手指头看,那是星星在发光吗?"

在浅子手指的方向,有一盏小小的灯在闪烁。灯光在脚下的森林中隐隐地闪烁着,很像是某个人家的灯光。

"可这深山老林里不会有住家呀,您是不是看错了!"

"没看错,那肯定是一处灯光!"

两个人朝着有灯光的方向走去,宫下也稍微有了些精神头。沿山道往下走,踏入森林中,一所烧炭的小棚子就在前面。灯光是从那个小棚子里泄漏出来的。

住在里面的烧炭夫妻把两个人让入狭窄的小屋内,点燃了劈柴让他们取暖,两人一直在里面待到早上六点多。天亮了,两人千恩万谢后辞别了小屋。

矿山临近时,有一段很陡的上坡路。道路崎岖,走起来很是困难,但这却反而激发起浅子的斗志,在这严寒的冬日里,她竟然走得满头大汗。

已经快到正午了,但不知为什么,山上没见到一个矿工的身影。山里死寂一片,似乎连空气都凝滞了一般。

"宫下矿长,今天是山里的休息日吗?这是怎么回事呀?"

"就像您看到的这样啊,老板娘!"

宫下似乎跟谁生闷气似的说了一句,就把脸扭过去了,似乎还在为浅子坚持不乘轿子的事情生气。

"我就是看了看不明白,才问你的啊!别说蠢话啦!"

浅子不服输,跟宫下毫不客气地争辩起来。

眼前的情景,跟浅子的想象相距甚远。浅子的脑子里曾反复出现的,是一幅矿山上热火朝天的劳动场景。中午,矿工们从地下坑道上到地面来,吃过早饭的矿工下到地下去,一片充满活力的纷繁景象。可眼前,连从坑道中运东西出来的矿车,也看不见一辆。

磨出血泡的脚生疼,浅子拖着右脚艰难地走着。道路两侧倾倒着几辆分装煤炭用的独轮车,其背后是被阳光照射着的、泛着柔和光芒的冬日山峦。眼前这寂静的一切,让人觉得心里空落落的。浅子明白,她的期望完全落空了。

"宫下矿长,我应该拜托过你要好好监督矿工们干活,你知道让他们闲逛一天,会带来多大的损失吗?矿工们都在干什么呢?"

"我下山前,大家还都在好好干活呢。真怪了!"

宫下的辩解,听起来似乎是那么回事,但里面却有着一些浅子无法接受的可疑之处。

走过一段坡路,踏上一个小山丘。从那里望去,矿工们住宿、吃饭的工棚一览无余。只见几座破烂简陋的建筑物立在那里,但所有工棚里都没有人气,寂静一片。浅子打算下去看看。她对宫下命令道:

"你把包工头都叫过来!"

住在工棚里的这些矿工一般都是单身,承包这些工棚的工头负责管理他们。矿工们称呼这些包工头为"老大"。包工头对这些矿工有着绝对的权限,不仅照顾他们的日常生活,就连招募新矿工,也都全权由包工头做主招聘。对于矿工来讲,比起煤矿所有者,身边的这些老大才是与他们的切身利益更加息息相关、令他们真正感到害怕的人。

"我这个人的一贯作风,是眼睛里不揉沙子。黑就是黑,白就是白。你去和大家讲明白。"

浅子对宫下那种暧昧的态度很不满意。

"要是加岛屋的当家人来,那就不一样了。老板娘您怎么管制得了那些矿工呢?肯定不成!谁都不会听您的话的!"

到了这里,宫下终于吐露了他的本意。这些话,深深地伤害了浅子。

"我不求你了,我自己去!走了这么长的路,你辛苦了!你可以走了,好好休息去吧!"

掺着讽刺意味的话语甩给宫下后,浅子重新整理了一下心情,一个人朝着工棚走去。

满心以为能指望得上的宫下竟然也背叛了自己,在这座山里,和自己一条心的人一个也没有。唯一能守护自己的,只有怀中揣着的这把手枪了。上天保佑。浅子想着想着,不禁用手摸了摸胸口。

在山上看以为空空如也的工棚,走近一看里面竟有人影。

"包工头在吗?加岛屋的女主人来了。"

浅子推开了工棚那扇不太好开闭的破门,只见里面是一个没有隔断的大开间。正中间是一个过道,两侧是两溜长期不叠起来的被褥,看起来是个万年床。靠窗户的地方,有个吊柜,上面放着矿工们一些简单的日常用品。

有几个矿工躺在铺上,还有将近十个矿工围在火炉周围呷着饭碗里的酒。

"你们老大呢?"

在那一圈人的中心位置上,有一个目光敏锐的男人,向浅子这边瞟了一眼。但他马上收回视线,像什么都没看见似的伸手端起了饭碗。一个矿工向他的碗中满满地斟入了酒。虽然是寒冬腊月,但这个男人光着上身,肩上披了一件脏兮兮的木棉竖格和服,盘腿坐在那里。

"我是加岛屋的,我叫广冈浅子。"

"不必废话,都知道!"

刚才斟酒的那个矿工开口说道。

"呦,你们知道啊,真是的啊,别人弯腰鞠躬在那里问候,竟然还有人会这么回应,真是些没礼貌的粗鲁家伙!"

"你说什么?"

围在包工头身边的那几个矿工中,有好几个想要站起来叫板。包工头不慌不忙地抬手制止了。只见他把披着的和服穿好,系上了腰带。

"喂,躺着的也都给我起来,都过来打个招呼。加岛屋老板娘从大阪过来了。"

他扫视了一下整个工棚,发出了命令,自己也端正了坐姿。

"到山里来,是我期待已久的,可怎么样呢?到这儿一看,没一个人在干活,你们为什么不肯出工呢?"

"因为矿山的主人变了,跟我们连个招呼都没打,我们也不知道这儿以后会变成什么样子。"

"因为这个,你们就全歇着啦?咱们国家的煤炭本来就不足,国家盼着多出煤炭,你们这么歇一天,国家得有多大损失呀!"

"别说漂亮话了!明摆着是你们加岛屋想要赚钱!我不想和你这女流之辈费唾沫。"

一个矿工一股脑地把想说的话都说了出来。

"你们一口一个女人,好像很瞧不起是吗?实话告诉你们吧,这个煤矿我们当家的已经全权委托给我处置了,况且想做煤矿生意的,就是本人我!"

"你丈夫把煤矿全交给你了?他恐怕是个窝囊废吧!"

放任他们胡说八道,就全是些污言秽语。但浅子还是一心想劝他们赶紧去挖煤,所以极力克制着自己的情绪。

"我来到这山里,并不是来与你们斗嘴的!不出工的话,可没人发薪水呀,对咱们双方都没好处。怎么样,咱们好好谈谈吧!"

浅子命令宫下把包工头叫到办公室来开会,然后扭头就走。对于浅子的命令,宫下并没有给出明确的应答。虽说宫下有着矿长的头衔,但看起来似乎与矿工们站在一边。加岛屋的煤炭事业,刚一起步,就触上了暗礁。

浅子走在通往办公室的路上。刚从工棚里走出来,一股疲劳感向身上袭来。她迈着沉重的双腿缓慢地走着。不知从哪里飘来一阵歌声,明显是京都口音。只见道旁有一个女人蹲在那里,嘴里哼着歌。

"您是京都人吧?"

"嗯。"

正在拣碎煤核的女人抬起了头。

"我也是在京都生的,听您的歌感到好怀念啊!"

"这些可都是些扔掉不要的煤渣。"

也许是担心被责骂吧,女子先发制人地对自己的行为进行辩解。她想用身体遮挡住那个已经装了八成满的煤筐。

"反正也是遗撒在地上的,您不用客气。"

浅子从地上拾起一两块煤,放进了女人的煤筐里。

"这些煤,够烧一晚上的吧?"

"谢谢您!拣了很多也还是不够呢。我要把这些煤攒起来,拿到山下卖掉,换来的钱全让我丈夫买酒喝了。"

"是吗,那太可怜了!你们二人都在矿上做工吗?"

"嗯。"

有家室的矿工,都住在离工棚不远的地方。只见那个女人穿着一件满是补丁的粗布和服,和服上罩着一个外罩,下身穿着一条兜裆裤,这么冷的天却还光着脚。她和丈夫一起在山上做工,是一位从事选煤工作的女矿工。

"要是家里的另一位不好好做工,真让人头疼啊。"

"我家那位呀,是生在京都一个屈指可数的好家庭里的,他原本不应该和像我这样的女人在一起,跑到九州这个鬼地方来的。"

"即使生在好的家庭里,这一辈子也难免会遇上各种各样的事啊。就拿我们加岛屋来说吧,现在也正处在生死存亡的关键时刻,都一样啊!"

浅子并不想粉饰太平,她把加岛屋的实情毫不隐瞒地全盘托出。因为那个女人看起来人品不错,浅子才会这么做的。

"夫妻之间的缘分啊,外人是不能了解的。有些外人看起来很痛苦的,本人还就是难分难舍呢。"

"我有时也觉得他是个没志气的人,可反过来一想,又觉得他怪可怜的。缘分这个东西,真是不可思议啊。"

"您多保重身体!"

"谢谢您!"

女人流着眼泪低下了头。浅子深切地感到,眼前这个女人对她的男人真可谓是赤胆忠心、柔肠寸断啊。浅子缓缓地走下斜坡,走进了办公室。此时她感到全身一下子没了力气,只好走到里面铺着榻榻米的房间里躺了下来。

"老板娘,您起来吧。"

外间响起宫下的声音。只见他和刚才的那个包工头站在办公室里。

"从明天开始挖煤吧。"

"我一个人可做不了主,干活的人是全体矿工。"

"我不喜欢兜圈子,你到底想怎么着,说说看!"

包工头微低着头,翻着白眼珠瞪着浅子。宫下站在一边,大有坐山观虎斗之势。

"不是跟你包工头说好了,就全能定了吗?"

"不可能啊,你要是想当这座山的主人,就得给矿工们带来点实惠。"

"明白了,你说说看怎么做才好?"

"我已经让矿工们集合了。"

浅子来到了屋外。由于太过疲劳,她的头昏沉沉的,很难集中精神思考。全身好像被地球重重地吸引着似的,感到绵软无力。风刮得很大,没有草木、四处裸露的山上尘土飞扬,身体仿佛要被吹走似的。浅子的脚趾使劲地抓住地面,一步一步地向前走着。有一只腿还只能拖在地面上走。她已经暗下决心要使出全部气力跟他们拼了。

在坑道入口前的广场上,矿工们陆陆续续地聚集起来。不一会儿,广场上的人已经满了,但还有一队队的矿工从工棚那边走过来。无论哪个男人都筋骨健壮,只是皮肤出奇的白,这是终日不见日头,总是在地下深部的矿坑里工作的矿工们的职业特点。

背对着坑道,浅子与矿工们面对面地站着。

"我是从大阪加岛屋来的广冈。今后,这个煤矿由我来经营。最近,西洋文明进入我国,出现了以蒸汽为动力的轮船和火车等交通工具。不久的将来,神户和大阪也会有火车跑起来。"

"那又怎么样?"

矿工们像商量好了似的,纷纷抛出奚落的声音。浅子丝毫没有畏惧。但她故意停顿了一下,因为她清楚,如果她逞强争先的话,对方将会更加群情激奋、喋喋不休。还不如后退一步,赢得一些时间,等待对方安静下来。这种以退为进的战术是浅子所擅长的。

站在高处,每一位矿工的脸都看得很清楚。

"所谓蒸汽,不烧煤是出不来的,煤炭是驱动文明进程的关键所在,所以无论如何,都需要大量的煤炭!"

"是加岛屋能大把赚钱吧,你不就是为了这个吗?"

浅子挺着胸膛稍事停顿,然后继续说道:

"帮我们挖煤的,是今天在场的大伙儿。有了大家,才有加岛屋。我们再想赚钱,大家要是像目前的样子,钱也不会自己跑来。照这样下去,不但谁都挣不到钱,连饭都吃不上。"

"我们才不在白痴似的女人手下干活呢!"

"难道女人就都是白痴吗?和男人一样有实力的女人多的是。女人能做出很多漂亮事来,白痴可做不了。"

话语间,浅子突然意识到自己很孤独。周围没有一个人和自己站在同一个立场上。远处的山脉显现出棱角分明的轮廓。浅子感到自己的内心快要挺不住了。

"大阪的加岛屋就快倒闭了,她的丈夫很无能,买了煤矿也搞不成!"

"我不许你们这么说!"

"对于你们加岛屋的那点儿猫腻,我们山里有人知道得很清楚,人家都说了,你们加岛屋有今天没明天,就算我们干了活也拿不到工钱。天下哪儿有女人经营矿山的。"

这座山里怎么会有人了解加岛屋呢?这句话使浅子的心动了一下,可她现在实在顾不上继续追问下去。

"只要大家肯挖煤,我肯定能把煤卖出去,我保证大家的薪水绝不会比以前少。"

"你要是能拿出之前一倍的工钱,我们就给你挖,谅你也拿不出来!"

周围不断有人在起哄。面对连男人都难以招架的冷嘲热讽,浅子机智冷静地见招拆招。

"总这样随意发泄,不会有任何结果。这种毫无意义的对话,你们想一直进行下去吗?能不能拿出些对咱们双方都有建设性的意见呀?"

"我们九州的大男人,自打生下来就不和女人用同一个洗衣盆。女人啊,全是蠢材!"

"懦夫!"

浅子大喝一声。她的声音长时间地回荡在山谷中。

"从一开始就歧视女性、搞不平等,这种想法已经落伍了!外国早就实行男女平等了,日本将来也会如此,男人女人应该相互帮助,共建美好的社会。不要再当老顽固了!"

现场的火药味越来越浓。浅子的口吻变得激动后,有几个矿工也显得异常亢奋。他们跑近前来,把浅子团团围住。包围圈越来越小。矿工群体一片沉寂,连一个咳嗽声都听不见,大家都屏住呼吸,静观事态的发展。

一阵阴风刮了过来。只见一名矿工一跃而起,一把抓住了浅子和服的前襟,试图制服浅子。

"你要干什么!"

浅子反身想要逃走,慌忙间衣襟凌乱,咣当一声一个重物掉在了地上。印着加岛屋家徽的丝质包袱皮散开,露出一个铁家伙,在夕阳的余晖下反射着冷峻的光芒。

"这不是手枪嘛!"

矿工们都不禁往后退了几步。像看到什么不可思议的东西似的,他们都用充满恐惧的眼神凝视着地上的手枪。浅子一个箭步冲上去捡起那把枪,抬起枪口,对准了站在稍远处的包工头的胸口,做好了瞄准的姿势。矿工们围起的人墙崩溃了,人群也嘈杂地向外扩散开去。

"你想干什么?难道你疯了吗?老板娘!"

宫下颤巍巍地说道。

大山里再次恢复了沉寂,矿工们都远远地躲到了一旁。一阵狂风发出悲鸣似的划过上空。

"这支手枪是加岛屋祖传的,我从大阪过来,怀里就揣着这支枪。只要我的手指头动一动,就要有人丧命啦!看见这包袱皮上的家徽了吗?圆形里有朵梅花,这是以前仁德天皇下御旨让我家守住浪花地区的梅花,才定下的这个家徽,我不能让这么有历史渊源的家族毁在我这一代手里。"

虽然声音有些颤抖,但那并不是因为害怕,而是武士之威风。浅子把气沉到了丹田。

"大家挖煤确实是为了我们加岛屋,但往大处想,对咱们国家也是有益的呀,日本国的发展全靠大家的努力。至于工钱嘛,我会尽量满足大家伙的期望。"

让矿工们理解什么国家利益,的确有些难度。但无论是谁都能看得出,加岛屋的老板娘这次是动了真格,而且那种执着劲儿还真挺吓人的。矿工们的军心开始动摇了。

"这支手枪,原本是为了防身才带来的,真没想到会弄到现在这步田地。如果不成功,我也不打算回大阪了,这里就是我的葬身之地!"

浅子把枪口从包工头的胸前移开,转而对着自己的喉咙。

"求大家帮帮老板娘吧,她是个好人,大伙儿都去挖煤吧!"

一个京都口音的女人叫了起来,想必是刚才那位女矿工。

"没想到老板娘这么钻牛角尖,怎么样,大伙儿还是干活吧?"

"我们听老大您的!"

包工头这么一说,已经没有人再反对了。

"我不干!"

在人群中,只有一名矿工嚷嚷着反对。只可惜,他的声音被淹没在一片嘈杂声中,谁都没有听见。

"已经不用担心了,您好好歇歇吧。"

包工头向浅子伸出了手。

"谢谢。"

浅子激动得话都说不下去了。

"大伙儿听着,从明天开始复工!让您操心了,真对不住,老板娘!"

包工头不住地向浅子致歉。

夜幕降临大地,西边的天空升起一轮弦月。矿工们都是头脑简单的人,只要谈妥了,就会对浅子的话言听计从。

浅子一个人回到办公室,兴奋之情还残留在心中,看样子不可能马上入睡。她想给加岛屋写一封信,于是点燃了灯芯,把灯芯挑亮。

"老板娘一定还没吃饭吧,我给您送了几个饭团子过来,这些吃的真是拿不出手,您凑合吃点垫垫吧。"

刚才那位女矿工过来敲办公室的门。

"难为你想着,还真是,我连午饭都还没吃呢。刚才只有你站在我这边,真多亏你了!"

大概她家的米缸已经见底了吧,只见用竹子皮包着的小饭团,只有三个。

"太谢谢你了!在危难中能得到你的照顾,我心里真是热乎乎的。"

"您可别这么说,我担待不起,老板娘您真是受苦了!"

"这点苦算不了什么,终于得到了大家的理解,我真是太高兴了。太好了,明天终于又可以开工啦!"

女人帮浅子斟上茶,又放下些小咸菜,就退出去了。

浅子把一卷信纸铺开在桌面上,开始奋笔疾书。在她的眼前,浮现出信五郎和小藤收到信时欢天喜地的样子。

从大阪到九州的旅程,一直写到九州大山中所发生的一系列故事,浅子的信洋洋洒洒地写了很长。在信的最后,浅子写道:

"一想到这里是加岛屋的矿山,哪怕是掉落在地上的一个小煤块,都让我爱不释手。在山里做工的这些矿工们也仿佛是咱们家的孩子一样可爱。"

一口气写完了信,浅子端起已经变温暾的茶水喝了一口,然后狼吞虎咽地吃起饭团来。

"哦,太香了!"

浅子的食欲还是那么旺盛。

燃烧的矿山

浅子频繁地往返于大阪与九州之间,煤矿的经营逐渐走上正轨,加岛屋的负债不断减少,总算看到点希望了。在加岛屋的店头,不仅挂着银两兑换商的招牌,还增加了一个加岛煤矿的招牌。

虽说金银兑换的业务减少了,但大阪商人做生意的周转资金还是会存到加岛屋来,资金周转不开时,还会向加岛屋贷款,所以加岛屋作为钱庄的招牌并没有摘下来。虽说做得很辛苦,但兑换商的业务还在持续着。大家都明白,只有那些符合新时代潮流的商业项目才会有越来越大的商机。

明治五年①二月,以三井高喜的长子高景、次子贞次郎、三子养之助兄弟三人为首的五位同族青年在大藏大辅井上馨和大藏大丞涩泽荣一的劝导下,从横滨经海路向美

---

① 一八七二年。

国进发,他们此行的目的是考察美国的银行业。

是年秋天,政府颁布了国立银行条例。看来,设立银行是大势所趋。将外国的 BANK 这一金融机构翻译成"银行"二字的正是涩泽荣一。将美国的 National Bank 翻译成"国立银行",日本的《国立银行条例》也得以颁布,但它实质上却是民间银行。在整个设立过程中,最热门的候选人就是三井。

根据新的货币条例,三井承接了新政府的御用造币业务和御用新货币承兑业务,其责任是回收旧货币的大判、小判,将其用作铸造新货币的材料金。三井向前来兑换旧货币的人们提供新货币,将材料金交到铸币厂去。三井已经接到大藏省的指示,一旦材料金的回收工作完成,就可以开始准备设立银行了。

可大藏省的涩泽荣一却提出了不同意见,他不希望以一家财阀独占的形式设立银行,他认为不应该是三井独家,而应该与其他组织合作。最终,第一国立银行是让三井组和小野组分别出资,由刚刚辞去大藏省职务的涩泽荣一就任总监督的形式得以设立。经选举,董事由浅子的义兄高喜就任。其后,三井想单独设立私人银行的意愿仍十分强烈,他们向东京府递交了书面申请。

从外国传入的银行这种新的金融机构,深深牵动着浅子的心。在她的心中,一直孕育着一个想法,那就是加岛屋一族一定要创立一家银行。

九州的煤矿,即使全交给当地的负责人去打理也能产生盈利,可只要浅子到矿上,采煤量就会突飞猛进。看到浅子跟女矿工们一起在飞满粉尘的车间里选煤,或者奋力帮矿工推矿车的身影,矿工们采煤的双手就感到更加有力气了。特别是实施了浅子想出的新的奖励制度后,各组相互竞争开采量,产量更是一下子有了飞跃。

浅子并不满足于现状,她认真地研究了矿工们目前的体制,发现矿工们的生活都是受这些被称为"老大"的包工头们的钳制。与浅子刚来这座矿山时相比,包工头已经增多到五人,因包工头的存在而产生了很多不平等的现象。

从矿工们的工作服、采煤工具的出借,到日常生活的各个细节,几乎都掌控在包工头的手中。这些费用,与每月的饭费及各种经费一起,从矿工的工资中扣除。包工头还贩卖各种生活必需品,手头普遍没有现金的矿工们经常赊货,包工头乘机报出高价,矿工们也只好顺从。每月的工钱,还了上个月赊货的钱款后几乎就剩不下什么了,只好又赊账买东西。周而复始,矿工们的生活一直很不轻松。

能不能废除掉牟取暴利的包工头制度,让矿工们直接跟矿山经营者挂上钩呢?浅子绞尽脑汁思考着这个问题。

浅子找宫下商量。

"我想对矿山进行改革,可怎么改才好呢?"

"改革势必会带来骚动,您想改什么呢?"

"宫下矿长,你觉得现在就挺好,没必要改变是吗?"

坦率地讲,这些谈话内容宫下连想都没想过。

"煤矿的制度如何如何,我没想过。"

"我觉得必须让矿工们过上更好的日子,无论怎么拼命干,还是无法摆脱欠债的日子,这太可怜了!人活着,要是看不到希望,哪儿来的干劲儿呀?"

"老板娘的想法真是新潮。"

"这不算什么新鲜想法吧,如果谁都安于现状,社会就没法进步了。做生意最忌讳懒惰。必须时时想着往前进。"

宫下叹了口气。老板娘一张口,满嘴都是希望、进步、前进啊这些新名词。他怀疑那些整日喝上一口小酒就能混日子的矿工们,能理解这些想法吗。想法真是差距太大了,而且这些不切实际的事,老板娘还执意要做。在宫下看来,现在矿上已经很赚钱了,还有什么必要再进行什么改善呢?

关于改革,浅子是这么考虑的。首先,全面废除包工头制度。这样一来,那些不正当的中间榨取被取缔了,把这些利益还给矿工们,矿工们的生活可以变得好一些。但这种改革,只靠经营者单方面的决策恐怕难以顺利实施。

"老板娘的想法很难实现,恐怕山里又要有大骚动了。"

宫下不想触碰,他采取了逃避的态度。

眼下,矿工们对浅子的态度近乎绝对服从,甚至有些人怕她。但从包工头的角度来看,这些变革都是与其自身利益息息相关的,很难想象他们会马上就范。

"就这么办了!你们按这个执行吧!谁不愿意,你们就花时间去说服!"

浅子是个商人,她深知不能光用话去打动人心,大多数人都受自身利益的驱动。只有在深明大义与实际利益相一致时,人才能被说动。如果不充分考虑对方的实际利益,找准平衡点,恐怕这件事是要触礁的。

在做好会遭到反对的思想准备后,浅子逐一找包工头谈话。浅子提出的方案是,在矿上统一设置一个小卖部,出售矿工们所需的物品。小卖部获得的收益,将分配给包工头及全体矿工。包工头作为监督人员留下来,可以考虑给予适当的津贴。浅子本着尽量让各方受益的原则,设计出种种条件。

跟预想的一样,对浅子提出的方案,包工头们一致反对,拒不服从。浅子不急不躁,仍旧展开一对一的对话攻势,反对者终于一个一个地倒戈了,最后只剩下两个人了,其下属的两组矿工拒绝下矿挖煤,都聚拢在工棚前罢工。浅子想即使一时的采煤量下降,也得花时间与他们周旋。可不干活,那些矿工就拿不到工钱,日子可就没法过下去了。

浅子向已经倒戈到加岛屋这边的包工头委以重任,包括经营者业已实施的一元化管理的矿工招募权、采矿采掘技术的培训权、对矿工的监督权、选煤指导权,还有对反对派那边的监督权等。

为防止反对派混入坑道,对采掘工作进行破坏,矿上铺开了一张严密的监视网。浅子自己也是手枪不离身,做好了一切防范。

这种对峙大约持续了三个月,反对派终于自乱阵脚,有几个人跑到加岛屋这边来投诚。之后,他们的团结战线彻底崩溃,没出半个月,其余人员也几乎全都跑过来参加挖煤了。

"真是打了个大胜仗啊,老板娘!大家都开开心心地干活呐。这我可真没想到!"

宫下高兴得手舞足蹈。

但浅子的心里一直在担心一件事。在五位包工头中,有一名叫中村的一直站在反抗的最前沿。可中途,他突然态度一转归顺到加岛屋这边来了,浅子觉得此事太过蹊跷,总觉得肚子里像有什么异物似的感到别扭,而且他其后的行动也令人生疑。听人讲,中村的手下有一个关西出身的伙计,那个伙计了解加岛屋的很多事情,而且给中村出了不少主意。但具体那个伙计是谁尚不得而知。

当矿上的改革告一段落后,浅子暂且回到了大阪。她想下一步该着手筹建银行了。

此时,浅子的身体发生了微妙的变化。时不时地想吐,心里总感到恶心。吃饭的喜好也突然改变,总想吃酸的东西。医生诊断的结果,出乎所有人的意料,浅子竟怀孕了。

"我都不抱什么希望了,夫人你真太棒啦!"

信五郎欣喜若狂,每天的话题都是围绕着将要问世的新生儿说个不停。浅子嫁到加岛屋来已经十年有余了,其间患了肺病,为了生意还一直不顾一切地奔波辛劳。之所以让小藤做信五郎的侧室,也是想让她为加岛屋续上香火。最近,浅子住在九州的时间比在大阪长,真没想到能怀上孩子了。浅子想,大概是在矿上勤奋劳动,身体得到了锻炼的缘故吧。

从三井嫁到加岛屋来,平静的日子只过了两年,之后就赶上一系列的社会变革,开始不停地为加岛屋的复兴而废寝忘食地奔忙。连结婚后生子这样顺理成章的事情都变得很难得了。

即使知道自己怀孕了,浅子那忙于事业的心也无法停歇。小藤尽心尽力、全方位地照顾着浅子的健康。

明治九年[①]秋天,浅子平安诞下一名女婴。出于"鹤活千年、龟活万年"的典故,浅子特意为女儿选了"龟"这个字,取名为龟子。这个名字里蕴含着父母希望女儿能优雅而美丽地度过一生,无论遭遇什么困境都能岿然不动,顽强活下去的美好愿望。

同年,长大后成为活跃的女性实业家的中村屋的相马黑光也在仙台出生了。次年,西田米(YONE)与铃木商店

---

① 一八七六年。

的店主岩次郎结婚,踏出了之后成为女性实业家的第一步。

此时,国立银行条例修订完成,之前严格限制的条款被大幅缓和,民营国立银行设立的时机来临,东京府终于批准了三井想独自建银行的申请。三井随心所愿地从合资式的国立银行中撤出,单独创立了三井自己的银行,由高喜就任副社长。被娘家的成功所刺激,浅子想建立银行的热情与日俱增。

明治十一年①,信五郎与弟弟正秋、浅子作为共同发起人,在同族中招募有志者,建立起银行设立筹备工作小组。

前一年的五月,与加岛屋一起挺过了危机没有倒闭的钱庄鸿池屋,在今桥设立的第十三国立银行正式开业了。可以说,鸿池屋比加岛屋领先了一步。十三银行的资本金是二十五万元,一年后增资到五十万元。

如果设立个人银行的话,发起人有着很重的责任,所以必须慎重地做好各项准备工作。开业之初,不想搞得太紧张,所以打算把注册资金设为十万元左右,由信五郎和正秋分别负担。加岛屋旁系亲属们打算把以前积攒下的煤矿分红金投资到将要设立的银行中来。

目前,加岛屋的财源几乎全部指望煤矿,如果银行的经营能成功,就可以有更加广泛的财富来源,将来还可以继续扩展更多新的商机,比如从外国引进一些进口货物在国内

---

① 一八七八年。

销售，为日本的产业振兴做出贡献。浅子有一个梦想，就是将来要让加岛屋的经营变得多元化。

浅子越来越忙，几乎没有时间陪在龟子身边，这部分空缺只有由小藤来填补。龟子对待小藤，就像对亲生母亲般依恋。浅子性情随和，对孩子也不溺爱，全权委托给小藤，所以小藤做起来还不算太难。小藤设身处地地揣摩浅子的心情，努力想把孩子培养成符合加岛屋女继承人身份的品格与做派。

关于银行设立的筹备会议已经进行了多次，大家的态度都很谨慎，对于资金的运作方式，也已经完全计算清楚了。这一天，浅子回到家里，感到很久没能这样轻松地喘一口气了。

流经加岛屋前的土佐堀川河畔上，一排排柳树上那淡淡的嫩绿，已在不知不觉间变成了浓重的绿色。水面上跳跃着的波浪闪着耀眼的光辉，让人觉得夏天已经临近了。

扇着扇子乘凉的浅子，脸上的表情柔和平静，工作中那种总是睁得圆圆的眼神消失了。现在，各项事业进展得都很顺利，加岛屋重现以往的繁荣与兴旺，仅是时间早晚的问题。想到这里，浅子的嘴唇上不禁浮现出一缕欣慰的笑容。

"夫人，真对不起，龟子小姐她……"

"怎么了，突然地？"

小藤的样子很狼狈，嘴里不停地说着对不起。

"她发高烧了！"

"感冒了吧,可怎么在这大热天里。"

最近,大阪正流行一种非常可怕的病,叫霍乱。听说这种病目前正在四处蔓延。

家中一片骚乱,有人马上请来了医生。

"这是肺炎啊,这个时候发病可有危险,这一两天是个坎,她的炎症可发得不轻啊!"

医生说,如果一直这样高烧不退的话,甚至有可能危及生命。但现在移动病人会有危险,所以最好把需要的治疗设备从医院搬到家里来。客厅一下子变成了看护病房,若不是豪商加岛屋的财力恐怕很难做到这一点吧。

龟子意识全无,小脸像中暑了似的烧得通红,肩头起伏着喘着粗气。

这种时候,作为父亲的信五郎几乎派不上什么用场。他双手攥着拳头,紧咬着嘴唇坐在那里。忽地,他站起身来,开始在屋里走来走去,犹如困兽一般。浅子不得不说了他几句。

直到天将黎明,龟子的烧才退了一点。

"夫人,您去休息一下吧!我别的也干不了,您就让我多陪陪小姐吧。"

这句话,小藤已经重复了好几次。虽然知道自己不可能睡得着,但浅子还是从龟子睡着的病房里出来了。

清晨的阳光透过屋檐上瓦的缝隙,洒落在院子里的草坪上。沿着走廊走去,听见店里面传来恼人的嘈杂声。

"不好了夫人,煤矿爆炸了,这下可糟了!"

管事的和店员们脸上都没了血色,慌了手脚。

"真的?什么原因?"

从没想到会有这种事发生,浅子有点不相信自己的耳朵。

走出店门,见地上倒着一个人,累得气都快喘不上来了,他是马不停蹄地从九州赶过来报信的。

龟子还没有脱离危险,这可真是祸不单行!

"山里成什么样子了?你慢慢告诉我。"

"都还不清楚呢,只看见从坑道口不停地往外冒黑烟,整个矿山都变成黑色的旋涡了。为了尽早让老板娘知道,我快马加鞭跑过来了。"

浅子返回到客厅,连衣服也没顾上换,她准备马上动身去九州。

"我去趟九州!"

"怎么这么突然?龟子还在这个时候!"

很少发脾气的信五郎,此时的腔调显得有些激动。

"煤矿爆炸了,听说情形很糟糕。"

"那你一个人去能行吗?好吧,这边交给我吧,龟子的事你就别操心了。"

意识到问题的严重性后,信五郎从发脾气转为理解合作的态度。

"小藤,龟子就托付给你了,我必须马上出发了。"

小藤想要站起来服侍浅子出门,被浅子拦住了。

"你就别离开龟子身边了。"

这种时候,能放心托付的,还是只有小藤。对龟子,小藤真是比血脉相通的亲生母亲还要疼爱。

"煤矿出事故了,我必须去一趟九州,大夫,龟子我就拜托您了!"

匆匆向医生托付了一句,浅子拔腿就要出门。

"虽说烧是退了些,可还不能大意,至少今天,您应该再在她身边待上一天才是啊!"

医生想挽留正准备出门的浅子。

"大夫,对于我们家来说,矿山与那些矿工们和龟子同样重要! 龟子有她爸爸和小藤照顾,我必须得走!"

浅子回答得很坚决。她铁了心要以最快速度赶到矿上去。

马上叫人鞴了两匹快马,浅子连同一名管事飞身上马离开了大阪。轿子再快,也比不上马跑的速度。浅子以前为了便于在辽阔的矿山上巡视,早已学会了骑马。矿上发生的爆炸事故,是与人命息息相关的大事,必须早一分钟赶到矿上去采取措施。

哪怕从马背上摔下来也不在乎,浅子拼命地抽着马屁股飞奔。尽管路途中有好几处山贼经常出没的危险地段,浅子顾不上害怕,舍不得花时间睡觉,和管事的一起日夜兼程地朝着筑丰煤矿奔去。

几年前,有一座叫高岛的煤矿曾发生过爆炸事故。当时浅子觉得这事离自己很遥远,跟自己没什么关系,可现在,同样的灾难降临到加岛屋头上了。浅子恨不得一步跨到九州的矿山上去,她不知疲倦地策马扬鞭。

远远地,已经可以看到矿山上空腾起的黑烟了。只见矿山的上空被一团黑烟笼罩着。一口气跑到山顶,浅子从马背上下来。只见坑道口还在往外喷着黑烟,却一点看不见火苗,这证明燃烧点是在离入口很远的深部啊。

"老板娘,我真对不住您!在您不在期间,发生了这种事!"

宫下满脸憔悴地来迎接浅子。地面上的灭火队来救火了,但由于起火点是在地下很深的地方,根本无法灭火。消防员也不可能冒着生命危险进到坑道里面去。如果往坑道里灌水,又担心水会淹着下面的矿工们。

"下面有几位矿工?"

浅子最挂念的是有没有出人命,所以直击这个问题。

"正好是交班的时候,按时从坑道里上来的小组全都得救了,只有一个组从坑道里出来晚了,没来得及逃,目前还在里面。"

"几个人?"

"十五个人。"

"名字都知道吗?"

浅子迅速地问了几个要点。

在坑道前的广场上,聚集着尚在坑道中的矿工们的家属,他们拼命地呼唤着自己父亲或儿子的名字。一看到浅子出现在大家面前,大家都用怨恨的眼神瞪着她。其中一位老奶奶朝着浅子跪下,拼命央求浅子一定要救救她的家人。

"这些家属无论如何也不让我们往坑道里灌水。这么大的烟,底下的人肯定已经没命了。但家属们就是不死心。"

看到浅子的表情后,宫下似乎有了主心骨,镇静了很多,他把经过向浅子汇报了一遍。换到家属的立场,这样做也是可以理解的,但又不能袖手旁观地眼瞅着煤矿全部烧成灰烬?怎么办好呢?浅子也有些迷茫了。

浅子还记得,高岛煤矿那次是日本史上第一起煤矿事故,当时死了四十人,伤了三十多人。此次加岛煤矿的事故规模虽说比那次小,但哪怕只是伤了一个人,生命的分量是一样的。银行的设立还没有着落,加岛屋又在煤矿事业上栽了跟头。

浅子冷静地思索着对策。第一是要灭火。为此,必须往坑道里灌水。为了征得家属们的同意,浅子彻夜不眠地与家属们进行对话。

终于开始往坑道中放水了。这同时意味着尚在坑道中的那些矿工们的生存希望彻底断绝了。妻子、孩子、父母们都哭成了一片,整座矿山都被悲怆的情绪所笼罩。

火被熄灭后,为了查明起火原因,浅子请来了煤矿专家。警察也一起来到了矿上。

经鉴定,发生的第一次爆炸,经营者一方也有责任。由于废除了包工头制度,经营者直接管理矿工,制定出明确的奖赏制度,导致那些想多挣一些钱的矿工起了贪念,乱采乱挖,坑道触及地下深部,采掘工作面越来越深,矿工在那个深度未能合理地使用炸药引发事故。

专家指出,第二次灾害,是爆炸所引起的剧烈冲击波使得坑道中煤油灯的明火点燃了煤尘,再次发生了火灾。本次事故的起因,可以认为是在想多盈利的经营者一边,加岛屋受到了严厉的指摘。

"我们是为了矿工的利益才这么做的,没想到最后成了这个结果。"

对于警察的结论,虽然也可以提出几点反对意见,但浅子还是决定将其作为事实严肃地接受。于是,浅子到每一位遇难矿工家去走访,表示哀悼之情及深深的歉意。浅子想,即使把手头的资金全都用上,也必须向每一位遇难矿工家属做出赔偿。

拿到遇难矿工名单后,浅子的目光久久地停留在一个名字上。

"这个人怎么叫三井高长?"

其中一位矿工的名字竟然与室町三井家的高长叔叔同名同姓。

"难道真是室町家的叔叔吗?他怎么跑到矿上来了?"

浅子想起了为了求毛利延长加岛屋的还款期,她跑去东京的时候,曾在深川的三井别墅中遇到过这位叔叔。当时他和一个年轻女人在一起,还说过什么生孩子之类的话。

"在这么多矿工中,我最记得他了,他是那个叫中村的包工头的最得力的小弟。"

宫下清楚地记得高长。那个中村,就是与加岛屋对抗到最后的那个最厉害的包工头。即使在归顺加岛屋之后,也总觉得他在背后搞着什么小动作,有很多可疑之处。

关于这次事故,浅子始终抱着一个疑问。留在坑道内遭遇了事故的,只有属于中村这一个组的矿工。以前就曾得到消息,说这一派人在寻机策划着什么。那时没有太在意,现在看来,为了让加岛屋陷于不利之地,他们很可能故意策划了这起爆炸案。如果真是这样的话,难道遇难的这些人都是没有算计好,没能及时逃出来而命丧黄泉的吗?不知何故,中村本人倒是很快地出了坑道,保住了性命。浅子感到也许这其中暗藏着一把能解开谜团的钥匙。

忽然间,浅子想起了那个操京都口音的女矿工,便来到了她的家中。

"高长叔叔还真是和您住在一起的呀,无论我怎么道歉都已是无可挽回了,我会尽我最大的能力补偿您。"

浅子深深地致歉。

"真可惜,这都是他的命啊,再怎么埋怨别人,死去的人也难以复生了。我倒是觉得,虽说他和加岛屋是亲戚,可你们之间有着那么大的隔阂,真是对不住您啊。"

女人低着头说。

"他以前经常说,我是被三井抛弃的落魄之人,我输给加岛屋的老板娘了!"

加岛屋一定会破产的,敢不敢赌一把?高长笑着说这句话的样子,现在回想起来,已经成为一种对故人的怀念了。

"哪怕是我赌输了,我也希望叔叔能活着!"

浅子在佛台前点燃了香,长时间合掌祷念。

"我要是能早点知道,说不定还能帮上点忙。"

"他曾经说过,是我输了,我没脸去见老板娘。"

"您真是个好人,我家叔叔晚年有您照顾,一定过得很幸福吧。"

浅子想,高长生前与妻子以外的几个女人厮混在一起,其中,最后与之结缘的眼前这个女人,想必是最能够让高长感受到幸福的吧。

浅子深深地悼念高长之死,并向女人郑重地表示慰问后,走出了她的家门。办理完遇难矿工们的葬礼,暂告一段落后,遗属们向加岛屋提出了巨额赔偿的要求。只有高长的妻子没有加入其中。

新闻媒体也刊登出煽动性的报道,诸如:"加岛屋煤矿爆炸的惨状令人目不忍睹!有人脑袋都被炸飞了。有人肚子被炸开,肠子都流出来了!"这些报道简直是在往家属的愤怒之火上浇油。

再坚强的浅子也禁受不住这样的攻势,她失魂落魄般地回到了大阪。她想跟家里人商量一下今后的对策。

矿难过去一个月了,龟子的病已经完全康复,脸色变得比之前更加红润了。浅子向为照顾龟子的病而废寝忘食的小藤致以深深的谢意,然后,浅子想抱抱龟子。

"龟子看起来多健康,真太好了!"

"夫人,您今天住我们家吗?"

龟子盯着浅子的脸看了半天,这样问道。

"这可坏了!总不在家,龟子都把我给忘了,以为我是别人家的阿姨呢。"

浅子把龟子抱在怀里,亲了又亲。对于只能偶尔见上一面的女儿,浅子内心的母爱像雪山一样积得又深又厚。

"好的,为了龟子,今后妈妈一定更加努力!"

是小藤在浅子不在期间,把龟子照顾得那么好,以至于龟子把自己的亲生妈妈都忘记了,浅子觉得真要感谢小藤对龟子那些无微不至的照顾。

"过来,龟子,今晚妈妈抱着你睡,好不好?"

一直缠着小藤不肯离开的龟子,在小藤的劝说下,终于投入了浅子的怀抱。

"龟子,你知道吗,加岛屋的山出了事故,有句老话叫做跌倒七次也要第八次爬起来,妈妈决不认输,就是跌倒九次,也要第十次爬起来!"

仔细想来,迄今为止加岛屋总共才跌倒了两次。第一次是时代变革期所遭遇的困难局面,这次是矿山事故。比起"七倒八起"来,数量还远远不够呢。浅子增强了再次雄起的决心,她发誓要让加岛屋变得比以前更加兴旺。

龟子还没到能理解妈妈讲话意思的年龄。可不可思议的是,对浅子说的每一句话,她都使劲地点头。

"这孩子是不是听懂了?"

"是啊,龟子可聪明了,大人讲话时她总是特别认真地听,还不住地点头呢。"

小藤永远站在龟子一边,是龟子的坚强后盾。

"这些事都交给夫人一个人打理,真是难为你了!"

信五郎也很体谅浅子的辛劳。

"今后遇到什么难事,多跟我商量,比如给遗属的赔偿金之类的事。"

"如果手头资金不足,就只能动用设立加岛银行的那笔钱了。"

推迟加岛银行的开设日期,无论对于浅子来讲,还是信五郎来讲,都是非常遗憾的事情。

"难道就没有既不影响银行的设立,同时也能解决矿上赔偿问题的方案吗?"

浅子无论如何也不能舍弃开立银行的执着信念。

"那不太可能,如果两边都想顾的话,赔偿金额就必须大打折扣,人生的道路恐怕就要走歪了,到时候是赔了夫人又折兵。"

信五郎的脸上一副通晓万物的表情。最终与信五郎商量的结论是,设立银行的事还是暂时搁置一下。对于浅子来讲,这无异于自己的一个梦想成了泡影。

"夫人,从没输过的人生多么乏味啊,如果总是想要什么就都能实现,人心就会迷失,你就把这个当成是上天对你的磨炼,再忍耐一下吧!"

信五郎在关键时刻再一次对浅子给予了精神的慰藉。

浅子再次赶赴九州,把精力投入到实现矿山复兴中去。赔偿与复兴所花的费用比想象的要高得多。加岛屋的剩余金、银行创立的准备金全都花出去不说,还必须再次仰仗向别人借款才行。

矿难的事后处理很花费精力,想重新开始采煤也需要经过漫长的过程。旧坑道的岩层已经被烧烂,注水后发生脆化,必须一边整理旧坑道一边修建新坑道。这些作业都有再次发生事故的危险性,所以浅子一刻也不敢放松。她亲自进入到坑道中,对各种状况进行严格的检查和监督。由于过度劳累,体重逐渐下降,浅子比得肺病时更加消瘦了。两颊上的肉也退去了,只剩下那一双炯炯的大眼睛格外醒目。

而在同一时刻的东京,那些上流社会的贵妇们却过着与浅子截然不同的生活。在日比谷建起了一座供日本人及外国人交际用的社交俱乐部——鹿鸣馆,每晚都上演着旨在达成国际亲善的大型舞会。内衬紧身胸衣、外着豪华舞裙的贵妇人们,配合着华尔兹舞曲在翩翩起舞,通宵达旦。

想积极探索新事物的浅子,当然并不反对西洋文明的进入,但当她听到那些贵妇人的生活方式后,却不敢苟同。

生活上全部依赖男人,满身奢侈的服装与宝石,跳舞狂欢至深夜。难道这就是新女性的生活方式吗?勤奋学习、努力工作、洞悉世间的发展趋势,浅子认为这才是真正实现女性自立自强的精神境界。

对于每天过着与女矿工别无二致生活的浅子来讲,鹿鸣馆那种地方简直像是另外一个世界。

加岛银行的起步

浅子的娘家三井出水家,在明治维新后搬迁到了东京的小石川。其后,三井出水家的称呼就转变为三井小石川家了。小石川家的三井高喜不仅担任三井银行的副行长、三井大元方董事,还兼任兜町米商会所①的所长。

对于娘家的繁荣,浅子的内心很是欣喜,可成长到三十多岁的浅子,已经不再像小时候那样依赖义兄高喜了。她自身已经具备了独自经商的能力与自信。

今年正值小石川家的高祖三井高春一百五十周年忌日。三井十一家决定汇聚一堂,好好做一做法事,祭祀

---

① 明治政府成立后,禁止米商进行大米期货等投机生意,只允许米商们进行现货贸易。但这种做法影响米商的发展,大家纷纷向大藏省提出重建期货交易市场的申请。一八七六年,政府发布《米商会所条例》,出现了以米商会所名义的期货交易市场并急速发展。后根据一八九三年实施的《交易所法》(后改为《商品交易所法》),大米交易所这一组织被确立,很快扩大到全国。一九三九年,随着《大米统一配给法》的施行,该法规被废止。

先祖。

位于出水的三井旧宅是浅子从小生活的地方,在高喜一家搬到小石川后,那里就成了三井的别墅。三井一族人来到京都,几乎都下榻在这里。为参加这次法事,浅子从九州回到大阪,休整两日后,住进了三井这座别墅。

三井家的祖先陵园,在位于净土寺真如町的真如堂。高春生前非常喜爱京都东部的风景,经常到真如堂参拜,后来根据高喜的遗言,在其死后将其葬在这里。寺庙的奠基人是平安时代的僧侣戒算上人,主堂是藤原兼家①的女儿、一条天皇的母亲诠子还愿建立的。流线型屋檐的轮廓非常美丽。

穿过主堂往右一转,就看到三井十一家列祖列宗的墓地连成一片。

高春一百五十周年忌日当天,从早上开始气温就不断蹿升,本堂前坡道上的石头反射着强烈的日光,气候干燥炎热。

法事在正午前正式开始,结束后安排有招待来宾的一顿迟到的午餐和茶点。虽然在僧侣们诵经过程中,有很多客人烧过香就先行告退了,但总体的来客量仍旧比预计的

---

① 藤原兼家(929—990),日本平安时代中期的贵族公卿。作为《蜻蛉日记》的作者、藤原道纲母的丈夫而出名。他与其兄藤原兼通的骨肉之争在历史上留下一笔。其女诠子嫁给圆融天皇后诞下的皇太子怀仁亲王后来当上了一条天皇。

超出了许多。这大概可以体现出高喜目前的社会地位吧。

来客真可谓是大阪商界、政界的要人云集。

"浅子,你是不是哪里不舒服啊,怎么这么瘦啦?"

在法事开始前,高喜的妻子利和关心地来到浅子身边。搬家到小石川后,不知从何时起,利和已经操一口标准的普通话了。

"今年都这时候了还这么热,真受不了。大概是苦夏吧。"

浅子不停地擦着脸上的汗。看样子,她连这么一直站着都感到十分吃力。最近体力不断下降,精力也不如从前了,对浅子来说,今天的炎热比往日更加难忍。谁都看得出来,浅子的容貌憔悴不堪。只见她面色黑黄,皮肤粗糙,眼眶下陷,仿佛是矿山的粉尘浸入了皮肤里。不管她再怎么打拼,事业的前途仍看不到希望。在众人中,真正担心浅子,过来跟浅子打招呼的,只有利和一人,其他三井女眷们都听到了煤矿事故、银行创立的挫折等诸多加岛屋经营不顺的消息,都装作没看见浅子似的。浅子感到自己一个人被众人疏远的孤独感。

诵经结束后,浅子站在本堂外送客。忽然间,一个意想不到的身影映入了她的眼帘,难道是自己看错人了?

"这位可真像五代先生,但五代先生应该不会来三井的法事吧。"

浅子半信半疑地用目光追随着从本堂中走出来的那个

男人。

"您说得真对,那就是五代先生!"

站在身边的三井大管事小声说道。

五代友厚,大阪实业界的大人物。俗话说,东有涩泽荣一,西有五代友厚。这两位平分天下。他的事业遍及整个关西地区。

迄今为止,浅子从未与五代进行过亲密交谈,她只是在大阪商法会议所等地远远地看见过他。

五代年轻时曾远赴欧洲,不仅精通英语,对国际形势也是了然于胸。但作为萨摩人的气质始终难以脱掉,具有狂野不羁的特点。

五代那种并不追求时髦的外表,很中浅子的意。五代对着装从不放在心上,他平素总是穿着一件膝部沾满烟灰烧焦痕迹的旧和服,一副淡然的样子。冬天也常见他只穿一件扎染的单衣和服,系一条用整幅布捋成的腰带。西服只有一套夏装、一套冬装。作为一名大实业家,每天操纵着巨额资金,但五代喜欢吃的,无非是泡盛①加上萨摩煮②。这些传闻轶事,朦胧地构成了浅子对五代这个大人物的印象。

① 泡盛是冲绳产的一种蒸馏酒,以碎米为原料制造,酒色略黄透明,酒味芳香,一般酒精度数会超过四十度。
② 萨摩煮是将食材放入高汤、酱油、糖中煮熟即可的食物,制作方法十分简单。

五代创立了堂岛米商会所、证券交易所、大阪商法会议所、商业讲习所等机构,大阪商船公司的核心创立者也是五代。此外,五代还令堂岛大米交易所重张开业。东京马车铁道公司①、关西贸易社的创立业绩也十分昭著。

可浅子关心的却并不在这些方面。她听说创立了金银分析所,赚取了巨额财富的五代最近出手参与了矿山和银山的经营。

刚刚开始投入运营的五代的矿山,与浅子那个虽然起步很早可又重新回到原点的矿山一样,都陷入了经营困境之中。

走出了本堂的五代,走着走着停住了脚步。五代回过头来,他的目光与浅子的目光相遇了。于是他策步走到浅子身边,把一只手放在了浅子的肩头。

"不要灰心,这不是你自己开创的事业吗?只能顽强地撑下去!工作就得拼命,即使死了事业也会留下来,必须要把工作做到这个程度!夫人,再加一把劲!"

"唉!"

～～～～～～～

① 东京马车铁道公司自明治十五年(1882)六月二十五日开业以来,到明治三十六年(1903)转换为电力机车为止的大约二十年中,在东京的新桥、上野、浅草一带营业。它是一种由马匹牵引的架在铁轨上的客车。其间,于明治三十二年并购了品川马车铁道公司,将线路延长至品川。明治十五年时车辆数仅三十一辆、马匹数二百二十六匹,到了明治三十六年,车辆数三百辆,马匹数一千一百七十四匹。明治三十三年取得了电力机车的专利权后,将公司名称改为"东京电车铁道株式会社"。

太过突然,浅子激动得说不出话来。原来五代对自己的事情全知道啊!仅这一点,就令浅子热血贲张。

"夫人是大阪第一的女性实业家,目前正是考验您毅力的时候。人啊,只要坚定决心努力下去,前面的道路自会打开的。"

"谢谢您!"

浅子感受到肩膀上五代的手带给自己的温暖,她不禁低下了头。

"以前就一直想跟加岛屋夫人谈一谈,可惜我的岁数不饶人,身体越来越不好了。"

"这可不像先生您说的话,您才到壮年嘛。"

"是啊,不会那么轻易地死掉吧,即使我死了,五代所构筑的大阪还在,是吧?"

"可不是嘛!"

"可不能服输啊!输了的人生会很惨。绝对不能输!不是说别人,我是说我自己。"

五代说完这些话,也没告辞就转身走了。看他那逐渐远去的背影,飘逸洒脱,简直像刮过的一缕清风。

关于五代的健康状况,浅子毫不知情。她只是觉得他的身体看上去很单薄,有些让人不解。

其实,五代的糖尿病已经越来越严重,到后来眼睛渐渐失明了。可他的工作愿望并没有衰退,仍投身于各项对国家有益的事业中。比如,他还在着手成立神户栈桥公司和阪堺铁道公司等,并与岩崎弥太郎的三菱商会结盟从事共同运输。为振兴丝织品的出口,他还从外国招聘制丝技术人员。

在三井高春忌日的第二年,五代终于在筑地的别墅中一病不起,结束了五十年的短暂生涯。一直到临终前,五代还在为日本邮船公司的设立而倾力斡旋。

接到五代的讣告,浅子的头脑中首先浮现出的是"即使我死了,五代所构筑的大阪还在"这句令人印象极深的话。大概那个时候,五代先生已经预感到自己将不久于人世吧。作为女性实业家,浅子决定将五代先生的每一句话都当做他留给自己的遗言来认真对待。

耳朵里又回响起了五代的那句"可不能服输啊",浅子默默向自己发誓,这辈子一定要遵循"九次跌倒也要第十次爬起来"的座右铭。耿直的浅子哇哇地放声大哭起来。她觉得悼念这位伟大的实业界先驱者,与其黯然流泪,不如哇哇大哭更加合适。况且,能有机会在五代临终前得到他的激励,浅子感到莫大的荣幸。

在五代去世后,人们整理他的书籍文献时,一个惊人的事实公之于天下。从五代的信件内容来看,几乎都是借钱或者是辩明无法还钱理由的内容。真没想到对后辈照顾有加,并经常借钱给萨摩出身的官员们的五代,在死后留下的竟只有负债。浅子觉得五代并没有攀附于财阀,终生投身于大阪的建设中,他的一生是高尚而尊贵的。

同年，同为大实业家的岩崎弥太郎也去世了。生于土佐下等贵族①家庭的岩崎弥太郎私欲强烈，与政府联手在这一代积累了大量的财富，为三菱财阀打下了坚实的基础。岩崎巧妙地运用策略使自己始终处于有利的地位，独占了日本的海运业。

听说岩崎作为一名政治商人，从政府手中无偿得到了外国船只十三艘，负责运输西南战争的军需物资，获得了一千五百万元的利润。

五代享年五十岁，岩崎享年五十一岁，同龄且生于同时代的两位实业家的人生观形成了鲜明的对照。

浅子想，作为一名女性实业家，自己到底要选择什么样的人生观呢？追求利润，使家族繁盛，是商人向来的夙愿。为谋求事业发展而借款完全没有问题，但忙了半天到最后只剩下借款也是令人难以接受的。当然，私欲横流导致的过度经商方式也不是人们所期望的。把商业活动中获得的利润尽量地还原给社会，这就是我要追求的经商之道，浅子得出了这样的结论。

在五代死后的两年时间里，浅子目不斜视地埋头工作。新发现了一条埋藏量丰富的矿脉，浅子借钱买下，把矿山的规模扩大到了之前的三倍。接受之前事故的教训，浅子将采矿作业用的挖掘工具都更新为现代化设备，经过这些努

---

① 指未得到入宫觐见天皇的特许的贵族。

力,出煤量蹿升到事故前的大约五倍,加岛屋的事业再一次突飞猛进,不仅全部偿还了债务,就连心里一直惦念着的加岛银行的创立资金也即将备足。

为了使银行能够顺利起步,浅子从没有放松过相关的研究与准备工作。在正式开业前,浅子想务必见到一个人,好好向他请教一下。在五代去世后,浅子产生了一个愿望,就是特别想见一见与五代齐名的东部实业家涩泽荣一。

涩泽有一个绰号,叫"银行之神"。浅子无论如何想在开业前听听这位银行之神的教诲。可涩泽居住在东京,很难抓到与他见面的机会。浅子下决心给涩泽写了一封信,直截了当地要求拜见。

龟子已经长到十一岁,基本上不用费什么事。信五郎一直想要个儿子,浅子觉得自己已经不可能再生了。浅子放心地把全部身心都投入到加岛屋的事业中去,只要加岛银行能顺利开业,使加岛屋回复至过往繁荣之梦想基本上就可以实现了。

在给涩泽的信中,浅子写到希望就事业问题得到教诲,她毅然决然地把信发了出去。

浅子沿着土佐堀川河岸信步走着,真是太久没这么悠闲过了。虽然涩泽始终没有回信,这让她心里一直挂念着,但像这样无目的地随意走走确实是件惬意的事情。大概平时的头脑中总是被那些黑石头填得满满的,今天被清风这么一吹,感觉神清气爽。

加岛屋的本家也是一片繁荣的景象。信五郎的弟弟正秋今年夏天继承了本家的事业,还为大阪港的海防工程捐助了三千五百元。由此可见,加岛屋一族都已经从改朝换代的困境中解脱出来了。

给涩泽的信已经发出很多天了,与涩泽见上一面的愿望有增无减。如果涩泽一直不回信,那就跑到东京去敲他家的门,浅子这样想到。

四周已经染上了秋天的颜色,太阳一西斜,气温就开始急速下降。

"夫人!"

浅子正在土佐川畔悠然走着的时候,小藤的叫声响了起来。

"这不是小藤吗?你从哪儿来呀?"

只见小藤穿着正式场合才穿的衣服,收拾得利利索索地站在那里。身上似乎比先前胖了一些,个子也显得略高了些,但脸上却显得有些疲倦。

"你哪儿不舒服吗?"

"没有哪儿不舒服。"

小藤看起来有些忧郁,声音也很低沉。

"小藤如果病倒了,加岛屋也得垮台。你可得保重身体啊!"

"谢谢!"

浅子不在期间,加岛屋全部托付给小藤,这不知给浅子的事业帮了多大的忙。现在的小藤,简直就像是浅子的半个身体,自从开始照顾信五郎后,小藤对浅子的照顾也更加无微不至。

吃过晚饭,信五郎来到浅子身边,看上去似乎有些惶惶不安。

"夫人,最近都还好吧?"

"怎么突然问这个?您不是看见了吗,我都挺好的!"

浅子放眼望去,没看到近旁有小藤和龟子的身影。

"您那边,一切都还好吧?您看上去倒是一副很有派头的样子。"

浅子不失时机地跟信五郎玩笑着。

"哪儿的事啊,加岛屋都是靠夫人的力量在支撑着,我还是老样子。"

出于女人的直觉,浅子感到信五郎肯定有什么话想说,可他却在故意兜着圈子。

"我说,您到底想说什么?"

"是这么回事……"

信五郎把身体坐正,一本正经地把两个胳膊肘放在膝盖上。

"你听了别太吃惊啊,小藤怀孕了。"

"那可真是好事,可喜可贺,小藤今天出门去就是因为这个呀。"

信五郎对于让侧室小藤生孩子一事似乎有些顾虑。

"小藤是那样一个女人,我总觉得对不住她。"

"你想那些没用的做什么,为了传承加岛屋的血脉,多一个孩子不是更好吗?真是件可喜可贺的事!"

小藤最初是在浅子的促成下成为信五郎侧室的。浅子与信五郎,与其说是夫妻关系,倒不如说是朝着同一目标迈进的同志关系更为贴切。他们二人在复兴加岛屋的过程中结成了牢固的同盟。

"我也得努力工作啦!"

信五郎无法掩饰内心的喜悦,笑意映上了面颊。

"您这话算是说到点子上了,今后就要看您的了。"

信五郎正准备着手一项新的事业。日本向国外出口丝织品的数量急剧增加,新的制丝工厂不断涌现。目前正好有一个在尼崎建设纺织工厂的项目,信五郎成了核心发起人,正在紧锣密鼓地筹备着。

这个计划是和浅子一直讥笑的唱谣曲的那几个伙伴一起商议出来的。他们着眼于新时代的纺织工业,想早日成立个委员会。看到丈夫有了干劲,浅子很是欣慰。

信五郎为人善良,但缺乏作为实业家的执着与韧性。从他的做派来看,有一股学者风度。但他那不太像实业家的外表反而容易给人一种值得信赖的感觉,别人反而更容易听他的话。

"明天我还得去一趟尼崎。"

"你都去见些什么人啊?"

"大阪的财界人士,大约三十人吧。"

信五郎也变得和浅子一样忙了。留下来守护加岛屋的小藤,就变得更加重要了。

浅子心里祈祷小藤能生个男孩子。自己只生了一个女孩子,真希望小藤能替加岛屋多生几个能继承家业的男孩子。

浅子翘首盼望着涩泽的回信。每天一到邮差快来的时候,浅子就开始坐卧不安,总是跑出去好几趟看信箱。就在浅子已经不抱什么期望的时候,女佣拿进来一封信。

"哇!是涩泽先生的!终于回信啦!"

毫不掩饰欢喜之情,浅子举起双手喊着万岁。她像得到了宝物一样攥着信封,并不急于打开,先闭上了眼睛。

"好紧张啊!"

如果是一封拒绝的信,该怎么办呢?要不要打开,浅子有些犹豫。虽然并不是占卜,但浅子感到加岛银行今后的命运将由这封信的内容来决定。想到此,她不禁把信贴到了胸口上。

"但愿不被银行之神抛弃!"

浅子祈祷完毕后,郑重地一点点地打开卷纸。

"涩泽先生答应见我啦,这是真的吗?太谢谢啦!"

信上写着您没必要特意来东京,我最近正巧有事去大阪,届时我会去找您。

在信的字里行间,都可以看出涩泽谦虚的人品。浅子马上回信致谢,说愿意照涩泽先生的吩咐去做。

约定的日子到了,浅子来到涩泽指定的大阪商法会议所。前台接待员似乎事先接到了浅子将要来访的消息,很礼貌地接待了她,请她在会客室里等待涩泽的到来。

比约定的时间稍稍晚了一点点,涩泽出现了。

"您好,刚才那个会议比预计的延长了,让您久等了!真对不起!"

虽是第一次见面,但却给人一种亲切和气的感觉。

"初次见面,我是加岛屋的,很唐突地提出想与您见面,真是抱歉!"

浅子紧张得身体有些发僵。眼前的这位涩泽先生,可是日本第一的大实业家啊。

"请您不必拘谨,咱们随便谈谈。在大阪提起加岛屋的老板娘,那可是家喻户晓啊。"

"一个女人,蓬头垢面地经营煤矿,估计大家对我也没什么好印象。"

看着涩泽脸上那似乎能包容一切的慈祥表情,浅子感到了些许的放松。

"那咱们有话就直说吧,我有什么能帮上加岛屋的吗?"

涩泽的目光变得有些严肃起来。

"我在信中也提了一下,我想开一家银行,我是想就这方面的事情向您请教。"

从年龄上看,涩泽只比自己大九岁,可浅子感到他像个长者似的,比自己成熟老练多了。

"万事同理,简单一句话,做买卖就不能出现赤字,经营就不能赔本,这是必须的条件。说一千道一万,就是想尽办法努力让企业盈利。"

本来以为能听到什么秘诀的浅子,听了这个回答,多少感到有些失望。

"这是理所当然的事情吧。"

"是啊,就是这个理所当然的事情大家都做不到啊。银行需要客户。你们加岛屋,能不能把以前作为银两兑换商时期的客户全都带到新的银行来呢?"

涩泽告诫浅子,钱庄时代的客户绝对不能流失,在那个基础上,还要再增加新的客户群才行。

"你认为经营银行,最想得到的、最重要的,是什么?"

涩泽反过来问浅子。

"是什么呀,是钱吧。"

"错了,你回答得正好相反,其实不需要钱。"

"不需要钱?这我可听不懂了,没钱怎么开银行呀?"

"你是这么想的呀,那你可错了。"

随着话题深入到工作中,涩泽的神情越发严峻起来。

"是信用!对于银行最重要的就是建立起信用来。有了信用,人们自然就会把钱送过来,对于在银行存钱的客户来讲,哪怕有一点点的不安都是不行的。"

"您这么一说还真是,可一下子想把信用建立起来,还真不知道怎么办才好。"

"我刚才说的企业要盈利,那指的只是数字上的收入大于支出,要让经营内容先充实起来,信用自然而然就产生了。"

"经营内容的充实是指?"

"单靠一个人不能让钱动起来,只有靠大家才能让钱动起来,只有经营者的口碑好,大家才肯把钱存到你这里来。"

"那就是说,经营银行,首先要建立起信用。"

"是这样的。金钱这东西,是有灵性的,它取决于它的拥有者的格局,很不可思议。"

听了涩泽的话,浅子感到开银行与开煤矿真是完全不同的两个世界。卖煤炭,只要煤的质量好就能卖出去,买主并不会特别在意卖主的人格如何。浅子想更深层次地去理解涩泽的话。

"先提高自己的格局,诚实经商,首先要建立起信用来,这比净想着赚钱要重要得多,这是先决条件,我终于明白了。"

经涩泽这么一点拨,浅子看到了经营银行的根本所在,想想自己以前多么的渺小,眼睛只盯住眼前生意的赚与赔上。浅子虽然没能从涩泽那里听到银行经营的具体做法,但却知晓了最重要、最本质的经营方针,如果不认真思考涩泽所讲的大原则,只想靠具体经营策略去办银行的话,早晚会有走进死胡同的一天。

"从今往后我要努力扩大自己的格局,我能扩大多少格局,意味着生意也就能扩大多少。"

从涩泽的教诲中,浅子得出了这样的结论。迄今为止,涩泽所经营的生意中,没有一项失败的。在做事业的过程中,不找任何借口,不做任何例外的辩解,始终如一地按照一个原则去做,这大概是涩泽得到所谓"神仙"绰号的秘诀吧。这让浅子很是惊异。浅子觉得在一副温和外表下所隐藏着的一丝不苟、聪明过人的涩泽,才是真正令人敬畏的强者。

涩泽原本出身于农家,由于赞同尊王攘夷论才从家乡埼玉县来到了江户。后来因支持公武合体论,成了一桥庆喜的幕僚。

庆应三年,他随庆喜的弟弟昭武去了法国,归国后设立了日本最初的股份制公司商法会所,取得了成功。在大藏省担任要职时,他强力主张节约政府的各项经费,但未被采纳,于是弃官从商,转到了实业领域。

"在这个世上,明明做错了事还死不肯承认的人太多了,我坚持自己的信念,丢弃了官职,朋友们都试图劝阻我,说就这样放弃名誉太可惜了。"

涩泽认为商业并不是什么特别的东西,特别是在银行经营上,比起钱来,人与人之间的关系与口碑才是最重要的。

如果涩泽当时没有坚持自己的信念、继续做官的话,也就没有他今天在实业界的成功。浅子想,当一个人勇敢地扔掉名誉及权力时,却反而像是获得了重生一般,人的命运真是不可思议啊。

"先生您现在的境界真是高远恬淡,像我这样被眼前琐事缠住,一年到头忙忙碌碌的,真是不好意思。"

"你这么看吗,夫人,工作可都没有轻松的,我每天也都是如履薄冰地过日子啊。"

"那是我太肤浅了,真对不起!"

"请不必在意。夫人的耿直,我是早有耳闻。"

涩泽的表情又恢复到先前的稳重。浅子想,涩泽先生简直像大海一样深不可测,他的度量和他看问题的深度,真不是一般人所能及的。

"经商,不能一味地中饱私囊。日本这个国家,现在正处在关键时刻,应该从大局出发,考虑国家的利益。还有,培育人才也很重要。"

"培育人才?这指的是什么?"

"日本的产业振兴,需要勤勤恳恳工作的人才,我们要努力培育出这些人才。我有很多具体的想法准备付诸实施呢。"

有着更广泛视野的涩泽,不仅对事业本身有很多思考,还想到了下一代人才的培养问题。在这一点上,浅子也受到了深远的影响。涩泽的这一构想,后来以东京商法讲习所①的形式得以实现。

经过两个多小时的长谈后,涩泽把走出会客室的浅子一直送到玄关。浅子觉得涩泽的这种态度,才是真正的不卑不亢的大将风度的表率。

回到加岛屋,浅子等着信五郎从尼崎回来。她想早一点把与涩泽会谈的感动告诉自己的丈夫。

"我原以为肯定会是一位很不好相处的人,没想到人家是一位绅士。人家的态度特别低调,一点都不张扬。"

对于正想开创纺织新事业的信五郎来讲,实业家涩泽的话语是很有吸引力的。两人入迷地谈着,完全忘记了时间。既然浅子已经见到了银行之神,那加岛银行的创建肯定会成功的。两个人都确信这一点。

明治二十一年②一月,浅子心中长期惦念着的银行终于迎来了开业。合资公司加岛银行正式起步,继承了加岛屋本家的信五郎的弟弟正秋当上了首届银行行长。正秋、信五郎、浅子分别以个人名义持股,三个人共占全部股权的七成。之所以首届银行行长请正秋担任,主要是出于尊重本家规矩的想法。

加岛银行,在土佐堀川河畔、兑换商加岛屋的铺面里开

---

① 一桥大学的前身。
② 一八八八年。

始了银行业务。同时,浅子所兴办的新事业——广冈商店,也在银行隔壁挂起了招牌。

商住式二层铺面房的中央部分是加岛银行,面向该建筑,右手边是广冈商店的办事处。随着社会上纺织公司的增加,纺线用棉花的需求急剧增加,浅子看到了从国外进口棉花,批发给纺织公司的商业机会。打日本与外国开始通商时起,浅子就一直抱有一个梦想,想从事符合新时代潮流的贸易。

浅子并不指望埋头于尼崎纺织事业中的信五郎,而是亲自冲在加岛屋的第一线,打理各种业务。伴随着多元化经营的事业内容的形成,各种事务性工作也是成倍的增长。

银行和商店都是新开业,浅子要去财界人士、知名人士的家里拜访;为扩大业务,要争取多招揽储蓄;店员们对西洋的业务方式不习惯,需要培训。浅子恨不得长出三头六臂来工作。

每天早上七点,浅子准时到加岛银行上班。八点开始经营会议,研究存款金额等,然后检查银行职员待客态度等。抽空跑到隔壁的广冈商店,研究一下从纺织公司来的棉花订单情况及向国外的订货量等。

关门前,再回到银行,过目一天的收支情况。在银行的具体业务方面,正秋也比不上浅子。浅子的计算能力超强,银行职员容易疏忽的一些小误差,都逃不过浅子的眼睛。

浅子经常训导员工要强化计算能力。

除银行和广冈商店外,浅子每月还要抽空去一两次九州的加岛煤矿,真是忙得不可开交。

堂堂女实业家

加岛银行顺利地开张了。其后,设立银行成了时代的风潮,从没涉足过商业领域的士大夫们也纷纷投入经营银行的行列中来,导致银行泛滥,有些银行已经陷入了经营困难的危机中。

对于这种形势,浅子给予了尖锐的批评。

> 不能因为受到别人的刺激就去盲从,经营银行的人必须非常熟悉其业务,掌握金融的变动,抓住进退的机遇才行。就像只有熟知兵法,才能与劲敌对抗。

浅子受一本杂志邀稿,写下了这样一段话。

加岛银行不想重蹈别人的覆辙。为了能在乱建银行的风潮中立于不败之地,浅子想一定要谨遵涩泽的教诲来经营银行。

"钱带不来钱,人才能带来钱,所以,必须对能给我们带来钱的客户付出全部真心。"

浅子总是这样教育银行员工们。她指出,待客态度和举止礼仪一定要留心,拿出真心设身处地地为客户着想,与其巧言辩解不如诚信老实。

另外,在如此竞争激烈的年代,只有先声夺人才能跑在别人的前面。要下决心做出其他商人没有想到的事情。这也是浅子从自己娘家三井开创家业时学到的经验。

浅子开始筹划给银行制定一整套崭新的人事制度。她打算雇用女性银行职员。涩泽先生说过应注重人才培育,这也许可以在加岛银行培养女性银行职员中体现出来。现在的社会能为女性提供的就业机会,无非是些纺织工厂的女工、带孩子、做饭、餐厅服务员之类的,女性在社会中所从事的劳动不过是为了混口饭吃而已。

浅子想,她雇用了女性银行职员后,一定要对她们进行教养与业务方面的训练,把女性的能力发挥到极致。她决心一定要在加岛银行里建立起认可女性人格的职场氛围。

正秋觉得雇用女性职员是轻率的举动,信五郎认为雇用女性职员是一种冒险,但浅子不顾他二人的反对,执意要推行这种划时代的用人制度,并表示一切责任由她一人来承担。

"能给为加岛银行带来金钱的客人们留下怎样一个印象,咱们必须要认真地去考虑。想在大阪经商可不是件容易的事,真可谓'好事不出门,坏事传千里',咱们必须得拿出全部热情和细心来为客户服务才行啊。"

面试开始后,浅子首先要确认的是,眼前这个女人,是否具备无论多么辛苦都能跟着自己闯下去的韧劲。那些只是觉得好玩才来面试的,或者那些盲目憧憬着做个职业女性的人,都被浅子否决了。

接下来是基础学科考试、接待客人的情景测试等,只有几位工作意愿特别强烈且头脑聪明的女人被最终留了下来。

"我可跟大家约定好了,大家都要跟上我的节奏。从明天开始上班,大家要比男性职员早到银行一个小时。"

开始上班后,女职员们没有一个对浅子有任何抱怨。浅子每天都是最早一个到银行等着大家,然后给已经决定录用的五名女职员进行培训。浅子想,一定要让这五名女职员具备不输给男职员的实力。

浅子为女职员们开设了讲座,内容涵盖加岛屋的历史传统、商业概论、商业历史、商业记账、珠算等,讲师就是浅子一人。浅子一心想把这些年熬夜自学到的所有知识都毫无保留地传授给她们。

在商住式二层泥灰建筑的加岛银行那几扇打开的窗户中,每天清晨都会传出浅子边念口诀边教大家打算盘的清脆声音,这声音随着晨风越过土佐堀川,向远处飘去。

"好,下面我们来算一道新题,请把算盘归零!"

就这样,除休息日外,每天银行开店之前,浅子一天不落地给女职员们讲课。到了开店前十分钟,女职员们全部从二层下到一层,在店里排列整齐。每人都穿一件箭羽纹饰和服,下围一件浓紫色细绢做成的女绔,再配一件带银行印记的罩衫。对走进店来的顾客,大方礼貌地进行接待。加岛银行的口碑不断提升,人们口口相传,来银行的顾客人数明显增多了。

女职员的存在,为银行增色不少,使店内的气氛像鲜花盛开一样明朗喜人。浅子的设想大获成功,随之而来的是储蓄额的提升。

在银行的董事会上,浅子再次提出为了今后银行的发展,应发现并录用有为之士的建议。这也是参考涩泽先生所说的"事业发展靠的是人"的教导而做出的提案。浅子从幼年时代起就生活在三井那样的大家族中,接触到形形色色的人,使她练就了一双善于看穿人心的眼睛。她那特有的敏锐嗅觉,可以让她轻易看穿人的本质,这一点很让人敬畏。作为实业家活跃于商界后,交际范围变广了,浅子想从中找出有才干的精英,说服其投身于加岛屋的事业中来。

不管是加岛银行还是广冈商店,业务都得到了长足的发展,各地的分店也逐渐建立起来了。浅子首先决定,要把广冈商店冈山分店的祇园清次郎提拔到大阪的加岛银行总行来。

祇园是加岛屋从小养大的员工,从银两兑换商时代起就一直在加岛屋工作。他已经成长为一位进取心十足、有骨气的、典型的大阪商人。得到浅子的提拔后,他想努力回报浅子的知遇之恩,更加展现出他的商业才干。银行的业绩不断攀升,不久他就升到了加岛银行经理的职位。

作为贸易部门的广冈商店的业务,也在浅子的经营管理下顺利推进。伴随着纺织业的发展,棉花的贸易额逐年增长,原先从中国进口的棉花品质不太好,浅子就转为从印度和埃及进口。后来,广冈商店的业务不断发展,甚至同美国也建立起了贸易关系。

在歧视女性的整体社会环境下,浅子不仅能够让女性登上社会舞台成为焦点,自己的经营内容也成功地呈现出多元化的趋势,使得浅子的业绩受到了很高的评价。媒体纷纷向浅子约稿,很多地方都邀请浅子去演讲。一直想把自己得到的东西以有形或无形的方式还原给社会的浅子,无论自己多忙,都会挤出时间尽量去接受大家的邀请。

海老名弹正①主办、安井哲子主编的杂志《新女界》,还有《妇女新闻》《家庭周报》《基督教世界》等,接连刊登了浅子的随笔。

浅子首先写了一篇题为《关于女子职业之卑见》的随笔。文中论述到,迄今为止,女性所从事的职业领域几乎都

---

① 海老名弹正(1856—1937),宗教家、教育家。福冈人。幼名喜三郎。在同志社大学学习神学后,专注于基督教的传播。担任熊本英学校、熊本英女学校的校长后,作为日本传道会会长移住京都,主办了杂志《新人》《新女界》。

局限于做女工。今后,希望那些受到了良好教育的女性能成为事业的筹划者。不仅仅是在通常事业中,即使是在创作领域,也希望女性能积极进取,成为有创造发明的活跃女性。

另外,浅子始终强烈地感到女性普遍在计数方面存在基础知识太薄弱的问题,她号召女性们"培养对数字的概念"。浅子写到,一般女性毫无数字的概念,就连教授数学的老师也不具备与社会相关的实用数学常识。她主张,培养有关数字的概念最关键的是要与实际业务相关联,有实用性的学问才是至关重要的。

浅子经常执笔到深夜。信五郎也因尼崎纺织公司成立在即,总是深夜才回到家里。

他回到家后,会到浅子的书房来看一看。

"每天都写到这么晚,不辛苦吗?别太拼了,早点休息吧。年轻时干事业就那么拼命,现在又改成写稿子了。"

"您回来了!让您担心了,真对不起。"

"对了,我给你买幢别墅吧!我想让夫人在别墅中稍稍休息休息。"

"买什么别墅啊,我哪儿有时间上那里躲清闲去。"

对于信五郎的这个建议,浅子毫无兴趣。

"你可是日本第一的老板娘啊,嗯,说起日本第一的山嘛,非富士山莫属,就在富士山脚下给你买幢别墅吧。"

"什么?富士山怎么了?"

浅子忙着赶稿子,根本没听进去信五郎的话。

"难道咱们一辈子都不能休养一下了?"

闹腾着想要买一幢别墅的信五郎,对浅子的回答感到很失望。看样子,买别墅的事是要泡汤了。

"你睡得太少了吧?可不能这样不注意身体,你以前还得过肺病呢。"

"病魔早就从我的身体里逃走了,我的意志坚强,病魔也被我降伏了。您不用担心我。"

浅子不假思索地说道。她现在忙得根本无暇顾及自己是否生病之类的事。

虽说最近偶尔也感到自己比以前更容易乏力,但一想起有那么多工作要做,还要写稿子,就觉得感到累一点也是正常的。

二十多年前,浅子的右乳靠外侧长了一个小肿块,浅子觉得可能是因为自己的右肺有毛病,肺炎的病灶部分钙化而形成的硬块。但最近,这个硬块好像稍稍变大了些,有时试着用手指按压,倒是没有痛感,工作一忙也就忘在脑后了。这件事,浅子跟谁都没提起过。

信五郎终于作为尼崎纺织的第一届社长走马上任了,他还接替本家弟弟正秋当上了加岛银行的第二届行长。信五郎的脸上再也看不到过去那种悠闲自在的表情了,大阪实业界对信五郎的信任也是与日俱增。

尼崎纺织公司发起人的名单中,还有木原银行的行长木原忠兵卫、棉花商人中塚弥平、尼崎松平家的旧臣平林昌伴等。加上信五郎,竟然有三位都是银行行长,大家一致推选信五郎作为尼崎纺织的第一届社长。

尼崎纺织公司以注册资金五十万元、纺织机械二万锭①的规模起步了。发起人都是一起学唱谣曲的伙伴,对于全新的纺织技术全是外行。其他纺织公司都纷纷从英国请来外国人技术专家进行指导,但这需要花费额外的资金。到底如何是好呢?信五郎决定跟在实业界堪称自己前辈的妻子商量如何在技术层面充实公司的实力。

"咱们能不能不依赖外国人,想办法在日本人中找到指导老师呢,可以让这个人加入到经营层里来。这样,他可以真正负起责任来,将来也不至于轻易离开公司。"

浅子的想法很巧妙,这个主意无论对经营者还是对受雇的技师都是两全其美的事。

"对呀,如果找到日本老师,经费能节省不少呢,如果让他加入到经营管理层来,对他也是个激励。"

"外国人的话,拿到很高的报酬,把技术从头到尾教一遍,就跟你再见回国去了。这简直跟把钱扔了差不多。"

因为是丈夫当社长的公司的事情,浅子显得格外认真。信五郎受到浅子的启发,把浅子告诉他的意见拿到发起人

---

① 以细纱机为例,每台有四百锭,同时纺制四百根纱线。两万锭相当于五十台细纱机的生产规模。

会上去讲。结果大家都同意按照这个思路去试一试。经多方寻找,发现日本人技师真是凤毛麟角,只找到了平野纺织公司的菊池恭三一个人。尼崎方面多次拜访菊池,苦口婆心地劝说,最终菊池答应在不离开平野纺织的前提下,可以到尼崎纺织公司来做兼职指导。

"夫人,终于谈成了!"

信五郎马上打电话向浅子通报这个好消息。

在菊池的技术指导下,尼崎出产的纱线品质很好,订单多得都来不及生产。雇用菊池的显著成效是有目共睹的。

不仅是浅子一个人取得成功,丈夫信五郎兼任银行行长及纺织公司社长,一派日新月异的繁盛景象,加岛屋原先那濒临破产的境况已仿佛梦境一般。

从鹿鸣馆时代接近尾声时起,日本的妇女们中间开始零星出现一些身着洋服的人,很是惹眼。后来,皇后陛下发出诏书,提倡大家穿着洋服,这使得洋服一下子成为时代的潮流。

对于社会活动家浅子来讲,和服着实不方便。光是把和服穿在身上就需要花费很长的时间,而且和服的下摆紧紧地裹住腿,走起路来也迈不开步。倒并非是追赶什么时髦,仅是出于实用性考虑,浅子也义无反顾地换成洋装了。

浅子身量较高,所以能撑得起来那种胸部镶着褶边、使用大量布料制成的连衣长裙。比起那些花哨华美的配色,浅子更喜欢穿黑色、白色或淡紫色等单纯而稳重色彩的长裙,其中那些黑花图案、蕾丝质地的豪华裙装,与肤色白皙的浅子最为相配。

在穿着那些修身的纯白裙装时,浅子会戴上同样白色的帽子和白色的手套。每当她乘坐人力车从土佐堀川河畔经过时,都会吸引大家的目光。在大家的眼中,浅子简直像是从西洋名画中走下来的人物似的,耀眼夺目。浅子的脸上充满着自信,显示出堂堂女实业家的风范。

"鹿鸣馆的风俗原先可是遭到夫人狠狠批判的,现在您也穿上西洋长裙了,好新鲜啊。"

信五郎打趣地说道,可他内心里还是挺喜欢浅子这身洋装打扮的。这一点是小藤所无法模仿的。

"我并不是盲目学外国人的样子,追什么时髦,我是觉得洋装真是方便,下摆那么宽,步子想迈多大都行,连跑都没问题。"

浅子滔滔不绝地讲了洋装的一大堆合理性,从此之后,她几乎只穿洋装了。

明治维新过去二十多年了,加岛屋的事业已经坚如磐石。浅子白天工作,夜间执笔,不写文章的时候也是埋头读书。

"我知道你从小就爱读书,但还真没想到你这么好学!"

信五郎很是叹服。

"这本书,只我一个人读太可惜了,我真想让更多的人读到!"

"什么书啊?"

"是一位叫福泽谕吉的先生的书。读了他的书,原本那些想不明白的事情都变得很清晰了,真是不可思议。"

"是吗。"

"先生认为,所谓学问,并不单纯是指能背诵某些古文,或者通晓某些经书史籍,他认为我们每个人身边的、活生生的学问也很多呢。"

浅子今晚正巧读的是福泽谕吉的书,福泽认为每个人都是平等的。

所谓人的贵贱、上下、贫富之差异,都是由有无学问来决定的。

"我觉得先生说得最对的,就是他认为会写信、会记账、会打算盘、会使秤,所有这些都算作有学问。"

"先生的意思是,读了再多的书,如果不懂得大米的交易行情也不行,对吧?"

"您这话,还真在行啊!"

"我连这个都不懂,还成?"

信五郎稍显得意地说道。

"先生说,不能死读书,读成书呆子。会记账是学问,能明察时局也是学问。"

"福泽先生的书,还真是给人很多启发呢!"

不知不觉间,两人热烈地谈起了福泽谕吉。庆应四年①,福泽谕吉把他一直开办的私塾命名为庆应义塾②,用来对青年人进行教育。在浅子的头脑中,福泽的思想与涩泽荣一的人才培育的想法不谋而合了。

"咱们目前还只是停留在给加岛银行的女职员进行培训的层面上,将来,我想在更大范围内对女性的启蒙教育做点什么。"

浅子自言自语般地说道。

"你早点休息吧,总这么熬夜太毁身体了,你的脸色可不太好。"

正如信五郎说的那样,身体可不能累垮啊。加岛银行的分店扩张业务刚进行到一半,去九州的日期又临近了。浅子的日程表没有一行是空的,排得满满的。在一天当中,也要分成几个小段,忙于不同的业务。这中间,也许还会突然临时插入与财界、经济界某些要人的约会。总之,浅子每一天都在与时间赛跑。

---

① 一八六八年。
② 延续至今,仍是日本最著名的"庆应义塾"大学。

与成濑仁藏的邂逅

进入八月后的某一天,浅子接到了土仓庄三郎的一封来信。信上写道,一位叫成濑仁藏的教育工作者很渴望与浅子见上一面。

此时,由于健康状况不佳,浅子在家休息了两日。脚步一停下来,竟又令浅子想起了胸部的肿块。由于休息两天尚不够充分,疲劳感反而向全身袭来。在身体不适之时,本想拒绝类似的见面,但鉴于是土仓的介绍,又不能冷淡地拒绝。

土仓是为加岛银行贡献了巨额存款的大客户,他住在大和的川上村,是从事森林种植业的大富商。大和地域的山,基本上都是土仓家的,他将砍伐树木获得的利润不断注入新事业中,是一位具有胆识的商人。

土仓的事迹广为传诵,从全国各地来了很多人请他去传授植树之道。土仓曾远赴四国去演讲,对村民进行教育,对道路、水路进行改善,作为慈善家的人望也是越来越高。

信上说,成濑这个人,是土仓六个女儿上学的大阪梅花女校的校长,但并没有触及成濑想与浅子见面所要谈的内容。

浅子觉得,想必是要求捐款之类的吧。现在,教育事业如此兴旺,像增建校舍等项目,大多仰仗财界人士的捐助。对于想把赚取的利润回馈给社会的浅子来说,是不会吝惜这些金钱的。如果一些人总想着不劳而获,也让浅子难以接受。但若是采用从加岛银行贷款,然后自力更生偿还贷款的方式,浅子倒是很愿意帮忙。

几天后,成濑打来了电话。大阪与神户之间,已经开始通电话了。

"后天,我就要动身去九州了,走之前需要处理的工作堆积如山。我一个月后就回来,那时候再约好吗?"

浅子暂且回绝了见面之事。

"真的不需要多长时间,有一小会儿时间就行,您能见我一下吗?"

成濑不打算轻易放弃。

"您的事很急吗?"

"我从土仓先生那里听到了您很多事情,很早以前就盼望着能见您一面,给我一点时间就可以了。"

最近,急于结识浅子的人增多了。往往好不容易抽出宝贵时间会面,才发现对方并没有什么正事,仅仅是出于对女性实业家本身的一种兴趣,真是让人头疼。

"您要是这么说的话,那明天傍晚时分我恭候您吧。"

"呀,真太感谢您了!我不会占用您太长时间,给您添麻烦的!"

成濑说完,挂断了电话。

第二天,成濑准时出现在广冈家的玄关。只见来人身穿一件破旧不堪的和服,已经看不出原先是何布料了,经仔细辨认,才看出是大岛绸①。袖口上的油垢闪闪发光,前襟及裙裤部位也沾满了污渍,像大酱腌菜似的皱巴巴的。猛一看,真会误以为他身上缠着一条浸了水的裙带菜呢。浅子有些哑然,一时不知道该怎么打招呼了。

可成濑的态度,却让人感觉不到一丝一毫的内疚或不安,只见他瘦弱的身子挺得直直的,站在那里。

两颊上几乎没什么肉,面带寒酸,但全身却散发出一种能压倒人的霸气。脸的两侧竖着成锐角的两只耳朵,几乎快延伸到耳垂的八字胡须上翘着,一双充满聪慧的清澈眼眸凝望着浅子。

这人的心地应该是高尚的。浅子做出了判断。但成濑到底会说出什么话来呢?浅子仍保有戒心。迄今为止,可有不少家伙无缘无故地跑来要求加岛屋赞助的。

浅子把成濑引到了会客室。

---

① 大岛绸是鹿儿岛县南方的奄美群岛的主岛——奄美大岛的特产品,是手工纺织的丝线,用泥染,然后再手工编织而成的一种平织茧绸。

"您有什么事?"

"我听土仓先生说,广冈女士对女性教育非常热衷。"

"是啊,我小时候经常听人讲'女子无才便是德',这让我很生气。我觉得身为女子,连获得知识的权利也要被剥夺,太叫人受不了!"

"您说得太对了!"

成濑对浅子的话表示赞许,声若洪钟。

"我觉得女子如果能获得和男子同样的学习机会,很多人都能发挥出比男子更大的实力。"

"真是像您说的那样!"

成濑又在一旁大声搭腔,说完猛地咳嗽了一声。那做派一看就是个远离俗世的实诚人,虽行为有些怪怪的,但却让浅子的戒心一下子被打破了。

"我可是个忍不住的人,一生气就怒吼,一觉得好笑就大声笑,哈……哈……"

浅子实在忍不住地笑出声来。

"您觉得可笑吗?广冈夫人。我可是认真的。"

与成濑没有一点能对上辙的。但浅子对不太通人情世故的成濑的人品有了一点好感。

"今天我过来找您,就是想求您帮我实现这个理想的。我想这事一定要仰仗广冈女士才行,请您务必答应我!"

从成濑的言行中,浅子感到还不仅仅是拉赞助这么简单的事。

"您到底是什么事呀?"

"我现在是梅花女校的校长。但我并不满足,我心中燃着一个理想,就是要建立更高一级的女子高等教育。"

"女子的高等教育,是指?"

"我想建一座女子大学!"

当时的日本社会还充斥着女子要三从四德的思想,建立女子大学之类的事,谁都未曾想到过。只有成濑一个人想到了这一点。

"这可不是件容易的事!"

浅子饶有趣味地听着。她又想起了涩泽所讲的有关人才培育的话。成濑把人才替换为女子,想要实现这个梦想呢。

可光有理念办不成事啊。想建女子大学,必须要有相应的经费。浅子立即想到了这一点。可眼前的这位教育工作者,怎么看都是位与金钱无缘的人。

"如果能实现我理想中的女子教育,就能对将来要当妈妈的女子进行良好的教育,那日本的未来可就有希望了!"

浅子感到成濑对自己的这个信念没有丝毫的犹豫与迷茫,他一根筋地朝着这个方向努力着。

"那你想跟我说什么呢?"

如果讲到教育理论,估计话就长了。学者或教育工作者都是理想主义者,又特别喜欢侃侃而谈,话匣子一打开就没有时间观念了。出于这一点,浅子直奔主题。

"我想请您帮助我,为建立日本第一家女子大学尽一份力。"

"您看看,我一天到晚忙得不可开交,没有一点空闲时间,目前的业务已经把时间全部占用了。我真没时间再去搞教育了,成濑先生,这件事,我恐怕帮不了你。"

成濑的双肩一下子塌下去了。

"不,不能灰心!虽说关西地区地域广阔,但能对新式女子教育表示理解的,除广冈女士外没有第二个人了。"

看成濑的样子,是一步也不肯退让。

在日本,女性社会地位的提高,刚刚在有识之士中有所意识。开创日本女子教育先河的,是明治三年①在横滨赫本诊疗所②举办女子教育的吉塔小姐。第二年,津田梅子和永井繁子等五位女士赴美留学,这在日本历史上也是第一次。其后,东京女校开学,京都的新英学校和女红场也相继开学。明治七年,东京的公立女子师范学校开学。但想

---

① 一八七〇年。
② 詹姆斯·柯蒂斯·赫本(James Curtis Hepburn)于普林斯顿大学及宾夕法尼亚大学毕业后,在美国行医。赫本在实施医疗事业的同时进行日语的研究,编写日本最初的日英词典《和英语林集成》。他也在《旧约》《新约》全书日语文本的翻译工作中担负了重要的角色。一八六三年(文久三年)他于横滨开设平文塾,期盼基督教主义教育能在日本生根。此后,平文塾与其他的新教各派的宣道学校合并,一八八七年(明治二十年)赫本投入自己的财产在东京都港区成立明治学院(现明治学院大学及高中),为明治学院第一代校长。

要成立女子大学的,确实只有成濑一个人。

"这本书中写着我的教育理论,真希望您读完后能赞同我的想法!"

成濑从怀中掏出一本书,放在桌子上,离开了广冈家。

在去往九州的火车上,浅子通读了一遍那本叫做《女子教育》的著作。至今在百姓中,仍流传着针对女子的诸如"不可不遵父母之命、不可不生养子女、不可多言多语"之类的"七不可"思想。成濑主张,不该用这些清规戒律去束缚女性,而应把教育目标放在让女子形成自己的独立人格上。这对于受"女大学""女四书""女论语"等充斥着儒家思想的女子教材影响的人来讲,真可谓是全新的观点。浅子首先对成濑想让女子拥有独立人格这一点感到叹服。

成濑的文章中写道,帝国大学的门户应该为女子敞开,让女子们也能受到大学的教育,同男子一样取得学士或博士学位。该书的出发点,是强调承认女性的人格,从根本上就应把女性置于与男性同等的社会地位上。成濑还进一步从国际化的视野指摘当前的日本女子教育尚处于最下等的阶段。

书中详细描述了日本女子教育的现状及与国外对比的差距。在国外,允许女子入学的男女同校大学有两百多所,而在自诩为文明开化日新月异的日本,其女子教育的可悲现状几乎与野蛮国等同。女子不是干活的机器,而是可以被教育为成就一番事业的人物的。我们并不是想把女子培养成只能存储知识的书呆子,而是要把她们训练为具备聪明才智的充满活力的人,要让她们在智育、德育、体育三个方面得到发展。书中甚至连女子大学应创立什么学系都有具体的阐述。

浅子掩卷沉思,陷入深深的感动中。她预感到自己多年的梦想,即将在成濑的帮助下得以实现,内心激动不已。

抵达矿山后,浅子马上提笔给成濑写信。所有的犹豫不决已荡然无存。她暗下决心,就是再忙,也要帮助成濑完成这项事业。

手捧浅子的回信,成濑感到自己似乎得到了一千万个同盟者,心中的喜悦难以言表。他相信,偏重于理论的自己,加上实践第一的广冈浅子,一定会所向披靡、战无不胜。

在与浅子会面之前,成濑也去拜访过大阪府知事、自己的同乡前辈内海忠胜。在土仓、内海、浅子三个人中,他觉得最难说服的应该是浅子。谁知峰回路转,浅子能成为值得他信赖的战友。

一个月后,从九州返回的浅子来到位于中之岛的成濑家走访,成濑满面笑容地出来迎接。面对成濑的笑容,浅子内心暗暗发誓,从今往后一定与这个人一道同甘共苦,直到女子大学得以创立为止。

成濑的家,无论是玄关还是客厅都找不到一件值钱的物件,毫无生趣。不太宽敞的院子里杂草丛生,没有人工收拾过的痕迹。虽然他在浅子的对面正襟危坐,但那件洗得掉了色的简易布和服的袖口都毛了边,一副寒酸的样子。

"您能读我的拙作,真是不胜感激。谢谢您赞同我的意见。"

"我到底能帮上些什么忙,我也认真地考虑了一番。"

"只要广冈女士能赞同我的意见,站在我们这边,就已经十分感谢了!"

成濑客气地回答。一想到浅子的业务如此繁忙,他实在不好意思一张嘴就说些强加于人的话。

"那岂不是成了光借我的名字了?那我可不能接受!"

打算投入全身心去助成这件事的浅子,对成濑的话感到很不满足。

"我是想和先生一条心,做出点真正有用的事情。想做一项新事业时,往往是很难得到周围人的理解的。"

"这我倒是有思想准备!"

"先生所著的《女子教育》一书,真让我感动。世界上女子教育的现状与我国的落后面貌比较起来,可以说是令人瞠目结舌。先生真是有远见卓识的人。"

"哪怕有一个人理解我,也很令我欣慰。"

成濑的脸上浮现出笑容,眨了几下眼睛。

"既然是设立女子大学,我特别希望发起人中能有聪明的女性,她可以站在女性的角度,指出我们没有关注到的一些问题。"

"我是个商人,并不是那种女人味十足的人。既然决定要帮忙,我已经认真思考过了,我觉得我可以在最需要的地方帮上点忙。"

"什么地方?"

到底成濑对自己抱多大期待,浅子不甚清楚,但浅子知道应该想办法帮助成濑去实现建立女子大学所必须具备的条件。

"钱啊!建大学是需要钱的!"

一提到经济层面,成濑就不知如何是好了,这是成濑的弱项。一提到现实问题,总有些脚不着地的感觉。

"先生,想建立女子大学,资金方面落实了吗?"

对于浅子的提问,成濑无言以对。虽然隐隐约约感觉到做这件事需要巨额资金,但被问及具体数字,还真答不上来。甚至连打算从哪里去筹措这笔资金都没有答案。成濑因为一直为创建女子大学的事到处奔走,眼前的日子都过得紧巴巴的。

"广冈女士认为到底需要多少资金呢?"

成濑反问浅子。他没想到浅子与他交流的并不是教育理论,这令他很意外。

"据我草草估算,怎么也得需要三十万元。"

"什么?您能再说一遍吗,广冈女士!"

"三十万元。"

"三十万?您是不是搞错了,多说了一位数呀?"

对于成濑来讲,三十万元简直是个意想不到的天文数字。一升米才七钱,一大碗荞麦面才一钱,节日时买的那个风铃才三钱五厘,虽说成濑也知道三十万元的大额资金不能与那些日常用品相提并论,但成濑仍被这笔巨款镇住了。

"这么大的金额,可真准备不了。"

成濑俯下身去,整个身体都缩成了一团。

"正如先生所讲,三十万元确实不是个小数目。现在如果谁手里握有这笔资金,在大阪也算得上是个资产家了。"

"广冈女士,虽说是粗算的报价,但我感觉这个金额也有些太大了。"

成濑急于建立女子大学,为了将所需资金的数量降下来,他打算让浅子再好好算一算。

"这些资金,您一个人可筹措不了。钱是人带来的,我觉得应该首先从寻找出资人开始。"

浅子有条不紊地说着。成濑被这么大的金额压垮了,浅子的话他似乎没有听进去。

"先生,您不用太震惊,与其发愁不如咱们实干。"

浅子那毫不动摇的、坚定与宽广的气量,很出乎成濑的意料。受浅子的影响,他的内心也逐渐强大起来。

"整个大阪,不,全日本的财阀,咱们都去会上一会。要有不达目的誓不罢休的气概,争取见面后一举拿下。我会把加岛屋认识的名人名单汇集起来,我去逐个斡旋,争取得到他们的支持。"

"让我说什么好呢,广冈女士!要是没有您,这件事真不知会怎么样了。"

成濑用放在身旁的并不洁净的手巾,使劲地擦着眼睛。

"咱们也不光是找到钱就万事大吉了,现在的日本社会对女子教育的认识水平这么低,这是必须要改变的,咱们必须去见大人物才行。"

"大人物是指?"

"我觉得,应该先去见见伊藤先生,不和他见面谈谈估计成不了事。"

"这个伊藤先生,是您的熟人吗?"

浅子说得挺随意,成濑想大概是浅子的亲友吧。

"是伊藤博文先生,先生您也知道他吧?"

"啊?总理大臣阁下!"

"只要说服关键人物,接下来就好办了。开始我想找文部大臣,后来我觉得还是得找伊藤先生。作为一国的总理,必须得让他先认识到女子教育的必要性。他要是同意了,后面的事就会迎刃而解。"

成濑已经佩服得无话可说了。但浅子这么说是有她的理由的。

十二年前,在三井银行的股东大会上被选为总长的高喜,曾主办过一次政府要人招待会。时任宫内卿的伊藤博文,与外务卿井上馨、大藏卿松方正义等一起,来到三井别邸赴宴。

浅子也从大阪赶来赴宴,由于是非正式聚会,浅子得以与伊藤进行了亲密交谈。伊藤对加岛屋夫人早有耳闻,一直很感兴趣,于是主动过来与浅子攀谈。对于浅子重振加岛屋,让加岛屋的事业日新月异的功绩,伊藤称赞不已。伊藤还说,今后如果有什么需要他帮助的事情尽管可以找他,他一定不遗余力地予以帮助。

"我通过娘家三井的关系与伊藤先生见过面,虽然关系必须要疏通,但我觉得我直接出面不太合适,我会帮您把渠道搭建好,最终还要请成濑先生您出面交涉。"

浅子相信,只要伊藤总理能好好读一读成濑先生的《女子教育》一书,一定会认可女子教育的必要性,那样一来,伊藤就会为女子大学的创立有所动作了。

浅子对成濑家的这次走访,使得女子大学创立一事的思路更加清晰化了。成濑不得不承认,加岛屋浅子确实具有很大的能量。

此时,又出现了另一位能成为成濑左膀右臂的人物,那就是在京都同志社大学任教的麻生正藏。他对成濑的经营理念产生了共鸣,愿意与成濑一道投身于女子大学的创立运动中来。

成濑与麻生决定,先在京都、大阪地区开展游说工作。他们到处演讲,论述日本女子高等教育的必要性。京阪地区都讲了一遍之后,他们决定向东京地区进发。成濑打算第一步就直接去约见伊藤博文。抵达东京后,成濑马上与首相官邸取得了联系,但对方由于公务繁忙一时难以安排见面。急不可耐的成濑相信浅子一定会打通渠道,遂决定直接闯去首相官邸,谁知还真达到了目的。

与成濑一起去东京的麻生,提前一步返回大阪。他从梅田站直接赶赴加岛屋,去向浅子汇报与伊藤面谈的成果。

"我们抵达总理大臣官邸时,见玄关那里停着一辆马车,就去问马夫。马夫说,总理马上就要出门去参加阁僚会议。"

"然后呢?"

浅子追问道。她很急于知道结果。

"成濑先生毫无惧色,一直与助手交涉说'无论如何也希望与总理说几句话',但那个助手死活不答应。"

"那可糟了!"

"可等伊藤总理出现在玄关时,一听到成濑先生的名字,他马上表示可以抽出一点时间听我们说话。"

虽然成濑依旧穿着满是褶子的礼服和服,但伊藤总理似乎对此并不在意,他对成濑的态度非常礼貌尊重。

"成濑先生真是个对着装毫不讲究的人啊!"

成濑先生穿着满是褶子的和服跪坐在玄关前,双手向前贴地、额头触地,郑重地向伊藤行大礼。

"成濑先生边行礼边说:'为了日本国的女子教育,请总理阁下务必赞同支持我们的建议!'他的言行举止充满了真诚和执着。"

平时寡言少语的成濑,一下子变成了能言善辩之人。看到总理对于他的话一直频频点头,成濑更是受到了激励。

"最终,总理大臣给出了明确的结论,说他'会和近卫公爵和西园寺侯爵协商此事'。"

"这真太好了!"

浅子那提到嗓子眼的心终于放下了。

"成濑先生还不满足,他又认真地向总理提出了三个问题。"

"哪三个问题呀?"

"第一,自己所论述的女子教育,是否与国家所要求的教育事业相符合?"

成濑想就这一点,问问总理阁下出于政治家角度的见地是什么?

"第二,必要时,阁下是否能拨冗对此事助一把力?第三,阁下认为此事作为民间事业是否能成功?"

"成濑先生真是思维缜密啊!这样看来,女子大学的创立,真是向前迈进了一步。"

浅子真想为成濑的勇气鼓掌。

成濑为了等待与文部省当局的西园寺侯爵及学习院院长近卫公爵会面,暂时留在了东京。西园寺侯爵痛快地同意了女子大学的创立,表示会全力支持。近卫公爵甚至主动提出愿意成为发起人之一。

在伊藤首相的介绍下,赞同的人士不断增加。比如大隈重信和板垣退助,大隈又介绍了涩泽荣一。但涩泽一直没有给出正式答复。这真应了浅子那句话,只要先抓住关键人物,后面自然会有一群人跟上来。

受到成濑成功经验的鼓舞,浅子和土仓二人决定开始向财界人士进行游说。在仍旧暑热的残夏季节,浅子在大阪市内挨家挨户地走访商铺。浅子还从银两兑换商时代的熟人中找出经济界的大人物作为重点对象,向他们讲述女子高等教育的必要性。但与浅子那热情洋溢的话语相反,对方的态度往往都是冷冰冰的。周而复始,那些商人最多也就是对浅子的意图表示理解,并没有人做出肯出手帮助的答复。

回顾过往,在每次启动新事业时总会流言蜚语满天飞,这次也不例外。人们开始纷纷议论加岛屋老板娘又疯狂地想建立女子大学啦。有些商人在浅子去拜访前就已经听到了传言,使得浅子的工作举步维艰。但浅子还是不屈不挠地在大阪、京都、神户一带不断扩大着活动范围,只可惜在关西地区并未能有明显的斩获。

时间不知不觉已到了秋季,土佐堀川沿岸的柳树已开始落叶了。浅子下决心还是去东京地区活动活动。不知道在关西挫败的事业能否在东京重新打开一条生路,浅子仍顽强地抱着一线希望。

在东京最能指望上的,当然还是自己的娘家——小石川三井家。高喜为了三井家的繁荣正在考虑制定家宪。他成立了三井家预评议委员会,并将其委托给第三方涩泽荣一来管理。被皇室授予正五品、一生做成不少大事的高喜,以七十二岁的高龄告别了人世。他的妻子利和也已经去世了。

浅子一到东京,就准备首先前往三井家,在高喜的牌位前供香祷拜。此时正值菊花盛开之际,浅子在花店买了一大束菊花,手捧着它走进了三井家的大门。

"有人吗?大家都好吧?"

浅子在玄关处用一贯的大嗓门打着招呼。

现在,高喜的长子高景继承了家业。浅子只比高景大一岁,从小一起长大。三井家对于浅子来讲,是比加岛屋更能放松的地方。

"您来啦!快进来吧!"

高景的妻子寿天子走出来,满面笑容地迎接浅子。

"坐火车累了吧?来,您快进来!"

高景也马上出现在玄关。高景的乳名叫办藏,浅子的乳名叫阿照,从小两人就相互叫着"办藏""阿照"的,整天在一起玩。高景从小就是个善良本分的孩子,每每总是浅子占上风。

由于高景的父亲高喜是从别人家过继来的养子,是浅子的义兄,所以高景论辈分是浅子的干侄子。在小石川家,加岛屋的信五郎夫妇很受大家的信赖,在高喜离世后,凡遇事都愿意找加岛屋商议。

"现在一早一晚真是有些凉了,有时还感觉挺冷的呢,你们都没感冒吧?"

"是啊,托您的福,您看我们两人身体都挺好的。"

往客厅送来欢迎茶水的寿天子爽快地回答着。盘子里是浅子喜欢的西洋小点心和红茶。

"太好吃了!从西洋真进来不少好东西,这种叫CAKE的点心就是绝品啊。"

浅子一边细细品着洋点心所散发出的奶香味,一边慢慢地吃着。

"这洋点心每天吃的话,总还是有点腻,还是不如咱们那个。"

"高景的喜好我最清楚,我这就把你最喜欢的点心拿出来。看我,这时候才想起礼物的事!"

浅子从旅行包中拿出大阪米果和昆布佃煮①,递给了寿天子。

"每次都让您费心,真过意不去。谢谢您!"

寿天子礼貌地致谢。

"上次您写信提到的事,进展得怎么样了?"

"高景啊,我这次就是为这件事来东京的,关西的那些

---

① 昆布佃煮是用海带加入酱油、调味酱、糖等一起炖的东西。因其甜、辣、调味浓重,因此保存期长。江户时代作为常备食品被大家所珍视。也经常当作饭团和茶水泡饭的配料用。这道料理发源于江户前水产的据点之一的佃岛(即中央区佃周边),因此而得名。

商人,钱口袋捂得太紧,真没办法,所以我想到东京再试试看。"

"咱们家,当然会鼎力支持的!"

高景把吸着的烟在烟灰缸中捻灭了。

"女子大学打算建在哪里呢?"

寿天子问道。

"听说是要建在大阪。但也有人认为,日本的中心在东京,应该建在这里。目前是有两派意见。"

浅子个人并不倾向于任何一方。她觉得只要符合女子大学的未来发展与价值观,建在哪里都无所谓。可大阪的财界人士们却一直固执己见,认为既然自己出了钱就应该把大学建在大阪。非要把教育事业与利害关系扯在一起,浅子对此很不以为然。

"如果决定建在东京的话,对学校的建设用地考虑过了吗?您觉得那个三井别墅怎么样?"

高景的话,令浅子备感意外。他建议拿位于东京目白台的三井别墅用地来建女子大学,听起来似乎已经做好了捐出那块地的思想准备。

"那边又安静,环境又好,院子里的树木也多,翻建一下,就能成为一所很不错的大学。"

寿天子似乎也对高景的想法没有任何异议。

"太感谢了!你们要真这么做,那可真是帮了大忙了!"

"这件事,我们是想尽我们最大的力量帮忙的。"

高景呼吁其他三井十家人也都赞同此举。娘家能说出帮助解决建筑用地的话,浅子的东京之行算是达到了预期以上的成效。浅子一回到大阪,成濑马上提出要与其见面。

"广冈夫人,涩泽先生这道关,终于被我们攻下来了!他说愿意帮助咱们。"

一张口,成濑就向浅子报告了一条好消息。在大隈重信的介绍下,成濑找到了涩泽,但花费了很长时间,涩泽始终不肯点头。

"真的吗?太好了!万岁!"

浅子一高兴起来,又开始连呼万岁。

"万岁!万岁!万岁!"

成濑也一起站起来,举起双手,高兴地在加岛屋的客厅中手舞足蹈。

"出什么事了,这么吵吵闹闹的?"

正好在家的信五郎过来了。他看到成濑和浅子的样子,呆住了。

"别站在那儿,快跟我们一起欢呼,涩泽先生同意帮助我们一起建女子大学了,这下可是成功了九成了!"

如果把创立女子大学比作一幅画,那涩泽的助力就等于是点睛之笔。

"是吗?那真该喊万岁了!"

本来就洒脱幽默的信五郎,马上跟在二人后面开始高呼万岁。

"小藤、龟子、管事的,都过来集合!"

信五郎把店里的人都叫了过来,就连摸不着头脑的管家和听差都被叫到客厅来了。

"来,大伙儿都进到队伍中来!"

"万岁!万岁!万岁!"

房间的隔断推拉门被卸下去了,加岛屋所有的人都聚在客厅里,长时间跳着万岁舞。

之前与涩泽的交涉,确实碰上了暗礁。涩泽外表柔和,但意志坚定。一旦认定的事情,很难动摇。他原本接受的是汉学教育,始终坚信"女子与小人难养也"之理论。让女子受高等教育,与涩泽的一贯思想不相容。

"是成濑先生的热情撼动了涩泽先生啊。"

浅子称赞道。而成濑却想把这个功劳记在浅子身上。

"您过奖,是广冈夫人的力量实在太强大了!"

成濑这个人,一旦想办成一件事,就有着八匹马都拉不回来的执着。实际上,他造访涩泽家不下十几趟,丝毫没有放弃过希望。

成濑给涩泽的第一印象并不太好。虽然感到"真是个罕见的精力充沛的人",但同时也感到"作为人的历练还不够,很难说在如此纷繁复杂的社会环境中,人们是否愿意与其为伍"。

可随着会谈的深入,成濑那走在时代前列的女子教育理论,终于让涩泽臣服了。无奈之下,涩泽甚至发出了"孔圣人大概也是始料未及"的感叹。

浅子认为,涩泽所讲的成濑"作为人的历练还不够",大概是指没有沾染上世俗之气的教育者的纯粹性吧。而成濑想把这个功劳记在浅子身上,是因为他与涩泽谈话时,每每谈到浅子,就会峰回路转,变得对成濑十分有利。

此次成功,使成濑获得了更大的活力。他每天与麻生一道四处奔走,为大学的设立做各种准备。为了专心于此,成濑辞去了梅花女校校长的职务,麻生也不再在同志社大学任教。明治三十年前后的三年半的时间里,两个人始终埋头于女子大学的创立活动之中。

辞职后,麻生的收入没有了,一时间不得不让妻子寄住在娘家。成濑也无法照顾家室,有传闻说,他和妻子闹得很不愉快。

为了节约活动经费,两人连人力车都舍不得坐,总是骑着旧自行车到处奔走。为了向访问对象表示敬意,他俩必须穿上双排扣礼服,戴上圆顶硬礼帽,盛装出行。旧自行车与双排扣礼服的组合,是一道奇怪的风景,成了大阪人街谈巷议的话题。两个人连午饭也是尽量节约,在沿途的小餐馆匆匆吃一碗便宜的荞麦面,就又忙着去走访下一家了。

在东京活动时,他们连旅馆也舍不得住,于是借宿在三井的别墅或者便宜的私人小旅社里,白天则四处去争取获

得更多的赞同者。作为女子大学创立运动之先锋的成濑曾立下四条誓约:

第一,得到的赞助款,不浪费一厘一毫;第二,得到的赞助款,一厘一毫都要有效利用;第三,赞助款及经费的出纳,要明确记账;第四,金钱的出纳,要由有信用有实力的人予以监督。第四条所委托的监督人是涩泽荣一。

浅子和土仓各赞助了五千元的活动资金,眼看着,女子大学设立的时机就要来临了。

成濑与麻生一组,浅子与土仓一组,分头遍访京都、大阪地区的有实力者。其结果,介绍人不断增加。板垣退助、山县有朋、蜂须贺侯爵、土方伯爵、久保田男爵、辻男爵、儿岛惟谦、嘉纳治五郎、岩崎家、三井家。在京都,田中源太郎、浜冈光哲,在大阪,内海府知事的后任菊池府知事、村山龙平、广濑宰平、芝川又右卫门、住友家、鸿池家等,都陆续得到了他们的赞助。所有实业界人士的捐款,都是浅子进行游说的结果。

其中的广濑宰平,是浅子通过矿山经营结识的朋友。广濑是住友铜山的所有者,他积极引进法国人技师凯依涅的采矿技术,利用炸药、焦炭,铺设矿山铁道空中缆车等,有很多值得学习的地方。在五代友厚去世后,他成为接替五代位置的实业家,在大阪经济界异常活跃。就是这个广濑,在浅子的努力下,也加入到支持创立大学的阵营中来了。

第一次发起人大会,终于要在东京召开了。在帝国饭店,第一届创立发布会即将隆重举行。

浅子早早地从大阪出发。距离对成濑与浅子诸多辛苦的回报,只有一步之遥了。

日本女子大学的创立

在东京举行的第一届发起人大会盛大结束,紧接着发布会在帝国饭店的大会议厅隆重举行。很多著名人物都在夫人的陪同下出席,为会场增色不少。

近卫笃麿①在演讲中论述了贤妻良母在家庭教育中的重要影响;副总理兼外务大臣大隈重信的演讲充满随机应变与幽默,博得了大家的一致喝彩。

大隈以议会决定采用的金本位制为例,引申出人类应该推行男女两本位,令浅子很是佩服。文部大臣蜂须贺侯爵也是慷慨陈词,对女子教育的必要性做出了很长的论述。

两个月后,在大阪中之岛饭店又召开了京都大阪地区

---

① 近卫笃麿(1863—1904),号霞山,是活跃于明治时期的日本政治家。他出身名门,曾留学德国波恩大学、莱比锡大学。一八八五年,二十二岁时就被封公爵,跻身华族。一八九〇年归国后,当选为贵族院副议长,从一八九六年到一九〇三年担任贵族院议长一职长达八年之久,同时身兼学习院院长、帝国教育会会长、枢密顾问官等。

的赞同者发布会。虽然起点很是华丽,但其后的资金募集工作却并没有提速,始终处于一种停滞不前的状态。恨不得明天就把大学建起来的浅子,看着赞助金增长停滞的状态,如热锅上的蚂蚁,心急如焚。

成濑频繁造访加岛屋,信五郎也加入其中,与浅子三个人一起商量对策,往往通宵达旦。

"真让人头疼啊!"

成濑苦着脸双手抱着头。募集到的资金离目标额还差得很远。

"看那天发布会的情景,我还以为剩下的募集金很快就能凑齐呢。"

稍后,麻生也赶过来参加商议,大家一致认为,他们的预期出现了失误。

"我们的想法太天真,把事情想得太简单了。看来经济不景气还是起了相当大的作用,现在东西那么不好卖,也难怪大家掏腰包时都那么谨慎。"

能想到的原因就是目前经济不景气导致赞助金难以提升。在收到的赞助金中,出资最多的是岩崎弥之助[①]的一万元,其次是岩崎久弥[②]和大隈重信的各五千元。其他人

[①] 岩崎弥之助(1851年2月8日—1908年3月25日),日本实业家,三菱财阀第二代统帅,男爵,三菱创始人岩崎弥太郎之弟。
[②] 岩崎久弥(1865年10月14日—1955年12月2日),日本实业家,三菱财阀第三代统帅,男爵,是三菱创始人岩崎弥太郎、喜势夫妇的长子。

几乎都只出了二三千元。对于三十万元的目标金额,目前只征集到了六万元。虽说赞同者们的级别很高,可惜并没有直接体现在赞助金的数字上。

"不景气肯定是一个原因,还有女子大学到底是建在东京还是大阪的问题一直争论不休、互不相让,估计有些人担心这么争论下去,女子大学未必建得成吧。"

麻生说出了自己的看法。

"成濑先生,这么下去,大学开学是一定会延期的。"

浅子看到赞助金的增长状况,预感到弄不好大学真的要建不成了。

"广冈夫人,都到这步了,您怎么还说这话?"

成濑两手攥拳,瞪着眼睛,生气地说道。

"感情用事没有任何用处,我们必须冷静地接受现实,回到原点,重新思考。"

明治维新后的加岛屋曾被逼到山穷水尽的地步,眼前的困难与之简直无法相比。加岛屋能越过难关,确实有些不可思议。现在的事态要乐观得多,一定能够逾越。想到这里,浅子重拾起了信心。

"那今后咱们该怎么办呢?"

好不容易动员了那么多名人志士,举行了华丽的开场仪式之后的挫败,让成濑感到心中有一股愤懑无处发泄。

"即使三十万元凑不上,咱们先想办法凑齐十万。迄今为止给我们出资的人,都是大手笔,那些能小笔出资的,咱们也不能忽略,这样总能凑起来吧。我打算把大阪的商户,再挨家挨户地转上一圈。"

事态的恶化反而激起了浅子的斗志,这大概就是浅子不同于常人的真骨气吧。

"我最初做的三十万元的预算,是打着相当富裕的,即使是十万元,也将将够用,咱们想法用它先把架子搭起来,应该是没问题的。"

成濑是教育家,麻生是学者,这两个人算账的能力几乎等于零。一旦碰到有关资金运用的问题,就只能仰仗浅子了。

"另外,如果大学能建在东京,建校舍用的土地可以由三井提供,这部分资金就可以省下来了。"

"这到底是怎么回事呀?"

成濑还从未听到有关东京土地的事情。

"我本想等具体有了眉目后再告诉你们。如果真的能在东京建校的话,三井说可以把他们在目白的别墅用地捐给我们。"

"那可真是求之不得啊!终于出现强有力的援军啦!"

"如果在东京建大学,只做建筑物本身的预算就可以了。"

成濑的表情稍微明快了一些。

"这件事牵扯到这么多人,如果搞砸了,我真是无颜再活下去了。"

"我不会让先生处于那种境地的,咱们先用十万元把校舍建起来,把一个像样的雏形拿给大家看,我相信赞助金会增加的。"

"可这太冒险啦!"

在这种关键时刻能否做出决断,是成濑与浅子的不同之处。如果谨慎的结果只能导致踏步不前,那还不如破釜沉舟。

"如果总是担心万一的情况,那加岛屋早该换主了。我当时真想找个人替我们去解决那些头疼的债务问题呀。"

"广冈夫人,真对不起!让您为这件事操了这么多心!"

坐在一旁的信五郎,也表示对这件事没有异议。

"不忘初衷,咱们大家再一次一起努力吧!"

"先生,咱们就是要有这么一股子劲!咱们只能本着跌倒九次就第十次爬起来的精神,越过这个难关!"

信五郎也鼓励成濑。麻生似乎也重新焕发了生机。成濑和麻生这才有心情端起茶杯,悠闲地品了一口茶,辞别了加岛屋。

在中之岛京阪地区创立发布会召开后两个月的时间里,浅子一边经营着银行业务及广冈商事,一边为募集资金而到处奔走。

大概是太过于劳累,进入夏季后,浅子的食欲明显减退,体重也眼看着往下降。只要一发烧,被迫躺下休息,就不会轻易好转。小藤此时已是三个孩子的母亲了。她把孩子交给女佣照看,兢兢业业地照顾生病的浅子。小藤不厌其烦地换着冰袋,过了五天,浅子终于可以下床了。浅子拖着稍稍恢复的倦体坐在回廊的藤椅上,眺望着自家的庭院。龟子也眼看着到了谈婚论嫁的年龄,她的面相与年轻时的浅子十分相像,只是眉宇间少了些母亲所具有的英气,那是一张优雅而柔和的面孔。

"妈妈,我的同学井上秀来咱们家了,她说想探望您一下。"

是龟子的声音。

"谢谢!还特意跑过来。那我得换件衣服吧?"

"您不用跟阿秀那么见外,就这样挺好的,我让她在我房间里等着呢。"

井上秀是龟子在京都女校读书时的同年级同学,是龟子的闺中密友。浅子虽从未见过这位阿秀,却经常从龟子嘴里听到阿秀的各种事情,知道她是一位聪明的姑娘。

"初次见面,我叫井上秀。阿姨的身体好些了吗?"

阿秀口齿清晰地向浅子问安。这是一位目光清澈,浑身洋溢着清凉感的姑娘。看她身上那件和服的两个前襟在颈前紧紧贴合在一起,在她的这个年龄层中略显保守,但这个初次见面的女孩,却给浅子留下了有主见的印象。

"你一直跟龟子玩儿得挺好是吧,我这一病,让你也担心了,谢谢你的花!在家里多玩儿一会儿。"

浅子尽量打起精神来。

"阿姨,您不要太勉强了。日本的女性,总是一味地忍耐和自我牺牲,觉得这是一种美德。可我觉得这么做并不太好。"

只是第一次见面,阿秀就清晰地阐述了自己的观点。本就性情直率的浅子,对阿秀很是中意。

"阿姨,您还病着呢,真不好意思,可我一直有一件事想向您请教。我听龟子说,您在经营银行和矿山。"

"你是不是觉得一个女人不该做这些事呀?"

"不是!从今往后,女人也应该工作,自己养活自己,不依赖男人,自立自强,开拓自己的人生之路。"

"哦,你说的话,还真有点意思啊!"

"我喜欢做学问。我想读很多的书,掌握很多的知识。"

对自己的人生目标这么明确的女性,真是少见,浅子想进一步了解她。

"那你学习是为了什么呢?"

浅子想试探一下阿秀到底有没有经过深思熟虑。

"为什么,为了自己的进步嘛!"

"难道阿秀觉得只要读书了,人就可以成长了?"

阿秀的脸上现出了难色,鼻尖上起了几个小皱纹,看起来十分可爱。

"阿秀我告诉你,如果只读书而与社会脱节,那还真没什么用。这样的人只会变成书呆子,变成一个没有社会常识的人,这可毫无意义。你要想学,就得学活生生的学问。"

"什么是活生生的学问呀?"

阿秀端正了姿势,侧耳倾听。

"只是自己获得了知识,把它藏在谁都看不到的地方,能对社会有什么贡献呢?'人'字的结构是一撇一捺,需要相互支撑,都是承蒙别人的帮助才能活下去,所以不要总想着自己,要多为别人着想。"

阿秀专心致志地听着浅子的话,龟子只是安静地坐在一旁,一言不发。

"我目前正在为创建日本第一所女子大学而奔走,为了凑齐赞助金,我花费了很多的时间和精力。可有人说,加岛屋老板娘是不是一个傻瓜呀。阿秀,你也这么觉得吗?"

"我觉得您很值得尊敬。虽然得不到一文钱的好处,但您却抱有为女子教育奔走这一明确的目标。"

"我是个商人,多少也会考虑到自身利益的,这并不是指金钱上的赔与赚,所谓赚钱也分为大利还是蝇头小利。"

阿秀似乎对浅子的话特别感兴趣,她的目光中闪烁着热切的光芒。她听得专心致志,就连放在桌上的茶杯也没有碰一下。

"我为创建女子大学而奔走,很多人都认为这件事无利可图。可我通过这件事见到了很多能撼动日本全国的大人物,能够与这些人结识,将来是能获得很大利益的,这可是金钱买不到的财富啊。"

在仅有的两位年轻听众面前,浅子慷慨陈词。

"有人家里藏的金钱都快腐烂了,也不肯拿出一文钱来资助我们。为自己花多少钱都舍得,可为了公益事业却不肯掏一文钱。"

"我明白了,所谓活生生的学问,并不是坐在书桌前死啃书本,而是与很多人接触,见识很多的事物,开阔自己的视野后得到的学问。"

"对呀,这样才能不断地磨炼自己,把自己培养成一个真正的人。"

聪明的阿秀准确地抓住了浅子所说的要点。

"阿姨,您下次什么时候去九州呀?"

"大概要等女子大学的事告一段落之后吧。"

"请您一定带我去吧!我想到矿山参观一下。"

"阿秀,这可不成!"

龟子很是吃惊,她想阻止阿秀。

"那里可不是年轻女孩该去的地方,我妈妈最初可是带着手枪去的呢!"

对于龟子来讲,矿山只留有可怕的印象。但浅子并没有急于阻止阿秀的期望。

"你为什么想去那么危险的地方呢?"

"我听说那里还有女矿工呢。与其四处游玩,还不如亲眼去看看自己不了解的世界,扩大自己的见闻更有意义呢。"

"好吧,那我下次带你去看看。今后的女子,没有这样的气概是不行的。龟子也要向阿秀学习,一起跟我去吧!"

龟子的头摇得像拨浪鼓似的,她觉得阿秀的想法真是不可思议。

"龟子看来做不到啊,你还是更适合找个好丈夫,踏踏实实地过日子吧。"

浅子一向主张"人最重要的是要充满活力",她觉得阿秀完全符合自己的这一主张。在浅子的心中开始萌动一个想法,她想亲手来培养阿秀。

在很短的时间内,阿秀征得了父母的同意,住进了加岛屋。在浅子的言传身教下,阿秀在工作上给浅子帮了很多忙,还跟随浅子去了九州的煤矿。阿秀一边在现场学习各种技能,一边兼做浅子的秘书。

在浅子的熏陶下,阿秀不断成长,并得到了进入日本女子大学深造的机会。后来,她作为日本女子大学的校长,为日本的女子教育做出了贡献。

浅子再次横下一条心,投入到赞助金的征集工作中去。在她的执着努力下,顺利地获得了一部分大额赞助,十万元终于凑齐了。可到底是在大阪还是在东京建校舍的问题,却始终没能定下来。住在大阪的赞助者们,都主张把大学建在大阪。浅子自身从大局出发,还是更倾向于把大学建在作为文化中心的首都东京。涩泽荣一也主张把大学建在东京,寸步不让。

从三井方面提出捐赠五千五百坪位于目白台别墅土地的具体方案后,形势急转直下,东京派赢得了先机。项目更加具体化之后,赞助金的征集工作也趋于好转,住友家又追加了一万元的赞助金。紧接着,鸿池、芝川、殿村、北畠等大阪财界人士也纷纷对建在东京表示理解,大阪地区又征集到了五万元的赞助金。

已经捐赠了三万元巨款的森村市左卫门提出了再次追加更多金额的申请。皇后陛下也捐出了二千元的御赐金,令浅子等众人深深地感动。

赞助金的总额达到了十九万元,在其后短短的两周时间里,令人惊异地又收到了十二余万元的赞助款项,这样一来,总计达到了三十二万元,已经超出了当初觉得高不可攀的预算额。

成濑从大阪的中之岛举家搬迁到东京。每次来到大阪,就借宿在加岛屋,加岛屋成了他在京阪地区的临时据点,也成了女子大学创建筹备组的所在地。大学开学已经是板上钉钉的事,对于来到大阪的成濑,浅子献上了发自内心的祝福。

"成濑先生,恭喜您了!"

"谢谢!这可都是托广冈夫人您的福啊!这件事的成

功,全多亏您在经济层面上做出的卓越功绩啊。"

成濑满脸喜悦,脸上的皱纹都增多了,他向浅子伸出了双手。

"Shake hands with you,和您握握手吧!"

"哦,谢谢!"

浅子把双手放进成濑的手掌中。

"今后还请您多多关照!"

"我才要请您多关照呢,女子也可以上大学了,这个梦想终于成真了!我太高兴了!长时间堵在胸口的一块心病终于去掉了,我现在心里可痛快了!"

创建女子大学的诸多问题一举解决。受到三井家提供校舍用地的激励,岩崎家又追加捐赠了一万五千元,涩泽荣一、古河市兵卫等实业家也再次提供了资金。

校舍的建筑,由文部省技师久留正道负责。建筑工程由清水组承接,他们提出,对本项目已经做好了赔钱的思想准备,要为女子大学贡献自己的一分力量。

日本第一所女子高等教育机构——日本女子大学于明治三十四年①四月在东京目白开学了。第一代校长由成濑仁藏担任,立下赫赫功劳的浅子成为该大学的评议员。

在女子大学开学后,浅子个人还想为女子人才的培养多做一些有用的事情。不光是一个井上秀,她想打开更多

---

① 一九〇一年。

女子的门户,让她们在一起相互学习、相互钻研。

浅子每月至少一次会因商务活动前往东京。抓住这个机会,她想召开一个妇女问题研讨会。三井的寿天子从事着女子大后援会的工作,在位于小石川安藤坂的三井宅邸经常有年轻女子的聚会。井上秀自不必说,还有从英国回来的安井哲子等女性也不容忽视,浅子想以她们为核心举办一次内容充实的研究会。

哲子是古河藩武士的女儿,她从御茶水女子高等师范毕业后,远赴英国留学。她的理想也是为日本的女子教育贡献出自己的一分力量,浅子早有耳闻。浅子希望哲子能成为女子大学的一位教师,可惜女子高等师范已经抢先一步聘她做教师了。充满遗憾之情的浅子发出了盛情的邀请,希望哲子至少能出席妇女问题研讨会。

研讨会召开三四次以后,规模越来越大。最初只有五六个人参加,在三井家客厅里就足够了,后来变成二十多人的盛会,不得不将会场转移到两个相连的日式房间里去。

浅子每月都会到东京出席研讨会,同样也会到女子大学看望大家。对于女子大学来讲,浅子就像它的生母一般,所以每次都像对待恩人那样地接待她。浅子对那里的女大学生疼爱有加,像对待自己的孩子一样。有时,浅子会坐在教室的最后一排座位上,与学生们一起听讲。就这样,浅子每一天都过得充实而又顺心。

同样为女子大学的创建费心尽力的涩泽荣一被授予了

爵位,升格为财界第四位男爵。

三井家颁布实施了已故高喜所提倡的新家宪,十一家人共同举办了宣誓仪式,进一步提升了对整个家族的约束力和凝聚力。随着时代的发展,越后屋和服店转变了传统的"座卖"①方式,转为西洋方式,在新改建的铺面中设置展示场所,对和服进行展示销售。

加岛屋各项事业的业绩在稳步增长,员工们干劲十足,工作现场可以放心全权委托给管理者。虽说向浅子约稿和约演讲的人仍络绎不绝,但浅子感到比从前真是悠闲了许多。

四月的一天,浅子像往常一样,正准备出发去东京参加月度妇女问题研讨会,偏偏春天的暴风雨在此时席卷了整个大阪。大风呜呜地刮,从前日开始下的雨也是越来越大,眼前的土佐堀川的水量增加到平时的两倍,演变为一股股激流滚滚向前。

河岸边两排柳树的柳枝,被风卷着敲打着地面,有的枝条上的叶子已经全都掉光,变成一根根裸树枝,还有的树木甚至被连根拔起。

---

① 座卖,是古时和服店的一种销售模式。在店内制作出类似榻榻米席面的商品展示台,销售人员跪坐或盘腿坐着进行销售,往往会进行各种实际操演。来店的客人需脱鞋上到榻榻米上来,店员一件一件向客户展示其想买的商品。改为陈列方式后,来店的客人可以自行观看自己喜欢的商品,也不必再脱鞋了。

浅子从广冈商店的窗户中向外望着。水位不断上升,浊流已经逼近了肥后桥的桥桁。

"这风可真大,雨也没个要停的样子。"

信五郎这天也没去尼崎,刚好在家,他在店里同浅子一起往外看。

"我今天无论如何也得出发去东京,我不能缺席那个会议。"

"这个暴风雨可是太危险了,你不能太勉强啊。"

信五郎想阻止浅子去东京。

"我怎么心里有些七上八下的,总预感到像要发生什么不祥之事似的。"

"这真不像我的夫人说的话!好端端的,能发生什么事呢?"

一向乐观的信五郎没有任何不良预感。但不知为什么,浅子的心里却惴惴不安,暗潮涌动。

春天的暴风雨

暴风雨下了三天两夜。土佐堀川差一点暴发洪水。

浅子去东京的日子延期了,在三井家举办的妇女问题研讨会在会长缺席的情况下如期举行了。

早上,从加岛银行来了一位员工过来传话。

"请行长到银行里去一下。"

不巧,信五郎刚走。昨天因暴风雨未能离家,今天一大早就动身去尼崎了。浅子立即来到同一建筑物内的加岛银行。

"不好了,嫂子,恐怕要出现危机了。"

前任银行长、信五郎的弟弟正秋一脸紧张地坐在那里,还有一两个董事也已经到了。大家都跟事先商量好了似的表情凝重。在旁边的座位上,还坐着三名负责具体业务的银行职员。

突然,一个男子连门也没敲就一头闯进了大会议室,浅子并不认识这个男人。

"您是哪位呀?"

"我是股东之一。"

浅子凭直觉判断,此人想必是持有一股以下的零散小股东而已。

"我听说加岛银行也危险了,就赶紧跑过来了。"

"您凭什么这么说呀?谁说加岛银行危险了?"

大概是被浅子毅然决然的态度镇住了,那人不说话了。

"加岛银行,有着从银两兑换商时代走过来的悠久传统,我们大风大浪见得多了,请您不要随便乱说,好吗?"

"请您就此打住吧。"

虽然用语非常有礼貌,但正秋的意思是想把来人赶走。

"你们应该召开股东大会,向全体股东做出说明!"

"我说了,请您相信我们!"

浅子命人强行把来人弄到了会客室。

"难波银行要完了!"

确认好走廊里空无一人后,正秋压低嗓音说道。

"你刚才说要发生危机,真吓了我一跳,原来就是这个呀,这不只是一家银行的事吗?"

浅子淡然地回答。

"并不那么简单。受到株连,大家一起倒台的可能性也不是没有。"

有些神经质的正秋,往往把事态想象得很严重。

同业的难波银行经营状况不佳的消息早有耳闻。经济不景气长期持续下来,商品卖不动,导致工厂被迫减产。一些工厂不得不裁员,为投资设备向银行借的钱还不上,就会导致工厂破产。难波银行的客户中出现了过多倒闭的公司。而加岛银行的客户们,目前的经营状况都还算稳定。

刚才那位股东虽然给劝回去了,但加岛银行前面又聚集起一大群人。浅子想起以前曾看到过类似的情景,那是银目废止时,加岛屋的店头前涌来了大批要求换钱的客户。

"不好了,听说难波银行已经停止让客户支取存款了。现在大阪所有银行的门口都聚集着前来提取存款的客人,如果都由着他们把存款提走,那咱家也危险了。"

理事星野行则得到情报,脸色煞白,赶紧跑过来报告。

"咱们还按时开店吗?"

"稍等一下,先别开门。"

浅子向银行职员下达了指示。

虽然召开了董事会议,但大家众说纷纭,意见很难统一。首先,行长信五郎不在。给尼崎那边打了电话,可回答说信五郎尚未抵达;大家的观点多种多样,沸沸扬扬。有的说,为了让客户放心,谁想提取存款,就应无条件支付;有的说,现在这种情况,只要客户没有特别充分的理由,就应暂时停止支付;还有人说,应该先判断出客户到底是真需要钱,还是担心危险才来的,然后再只让前者提取存款。七嘴八舌,各执一词。

"只凭咱那三四个孩子,能做出正确判断吗?别异想天开啦!净说些蒙小孩的话!"

对于最后提出的那个建议,浅子一声断喝给否决了。从总管晋升为常务董事的祇园清次郎,以及由浅子从广冈商店提拔为银行专务理事的星野二人也没想出什么好主意。

"这不是咱们加岛银行一家的问题,我们应该跟其他银行取得联系,大家共同从根本上想出一个对策来。"

正秋说道。可这些都是些实在没办法的苦肉计,是一些逃跑战术而已。

见过了开门时间而银行的门并没有开,外面客人的骚动声更大了。祇园和星野出去解释。喧闹声一浪高过一浪。客人们那激昂的声音,都传到会议室中浅子的耳朵里了。高声解释的祇园的声音,很快就被客人的谩骂声给压下去了。

"跟那个时候真是一模一样啊。"

"银目废止"时,手里拿着银目票据的客户涌到加岛屋店头,不肯离去。那时候做出决断要给客人兑换的,是已经过世的公公正饶。

"浅子,你就付给他们吧!"

正饶的声音,直到现在还在浅子的耳边环绕。

"受不了,受不了!"

祇园和星野从外面逃进来。祇园西装的一只袖子已经被拽掉了,星野的和服的前襟也已被扯开,一副狼狈的样子。

"根本没什么可谈的,他们就只有一句话,把钱还给我们!"

祇园喘着粗气汇报着。不知什么时候,浅子从会议室中消失了。大约三十分钟后,浅子回来了,只见她手里拿着一份文件。

"这种关键时刻,您怎么跑没影了,您上哪儿去啦,嫂子?"

正秋气急败坏地高声叫道。

"我有些东西想查一查。把店门打开,全额支付给他们,你看怎么样?"

"嫂子你是想把加岛银行整垮吗?"

正秋一脸不满地喊道。

"你别那么急赤白脸的,好好听我说!"

现在真不是兄弟吵架的时候,浅子想稳住正秋。

"银行不会倒,存款付出之后,我承担所有的责任!"

"光说这么一句,我可接受不了!"

祇园也插嘴说出自己的反对意见。大家不约而同地把目光集中到浅子拿来的文件上。

"这是曾帮助我们建立女子大学的人员名簿,我研究了一下。"

"这跟咱们银行有什么关系吗?"

"筹集赞助款时都拜访过他们,咱们并不是没有一文钱好处,这么多人信任咱们,给咱们出了钱,换句话说,咱们得到了信用这个宝贝,这真是赚大了!这叫无心插柳柳成荫!"

女子大学出资人中的一大半,都承诺会在加岛银行开户。

"他们手头那些用于玩乐的钱、暂时用不上的钱,都存在咱们银行,我们求这些人不要着急把钱取走。现在堵在咱们店门口的都是些小散户,他们即使把存款全提走,咱们也可以从其他地方补上。"

"您有大概的预估吗?"

看浅子的样子,似乎是胸有成竹。但星野还是不放心,又追问了一句。

"有,就是这个名簿。"

正秋接过名簿,从头到尾看了一遍,上面写满了日本财界、政界一流人物的名字。这份交友录,是浅子通过女子大学创立活动所收获的属于自己的一份资产,里面豪商、财阀、政府要人一个接着一个,其中还有正秋从未听说过的松方正义的名字。这些人物原本是打着加岛银行的名义都不一定能轻易接近的。

"你再看看发起人后面的名字。"

在名簿的最后,排列着一些女性的名字。

"这些都是站在咱们一边的。咱们总想着如何不减少目前的存款余额,这不算什么本事!真有本事的,是想想怎么在现在的情形下,还能增加咱们银行的存款额!"

在不得不预测加岛银行可能会出现危机的当下,浅子反过来提出了打算增加存款额的积极对策,她的内心就是这么强大。

"我们应该以攻为守!"

如果只是想办法死守,有可能会被敌人突破阵营;浅子想出的对策是在敌人到来之前就重整阵营,主动进攻。

"伊藤公爵夫人、松方侯爵夫人、大隈伯爵夫人、内海男爵夫人、高岛子爵夫人……"

正秋读着名簿上的一些人名。

"咱们不能只是一味地利用人家,为了请他们在咱们银行存款,咱们必须给人家必要的回报。这才是经商的关键。他们让我们赚钱,我们要拿出一定比例的利润回馈给他们。"

做生意,当然要本着长远的眼光来与人接触,可是否真能像浅子所说的那样顺利,坦率地讲,几乎所有的董事都持怀疑态度。

"那,事情真能像咱们想的那样发展吗?"

只有一个人,说出了大家的担忧。

"现在已经不是说这种话的时候了!我们已经别无选择了!"

浅子的声音又提高了一度。

"我作为广冈信五郎行长的代理,命令你们向客户支付存款。把店门打开,让客人们进来!"

虽说董事们还想反对浅子,但苦于手头拿不出什么能扳回局面的有力材料。不论是正秋还是祗园,都只有服从的份儿了。

"您是代理行长,您非要这么做我们也没办法,但可别回过头来,真正的行长来一个不知情。"

"责任由我来负!我就是拿出加岛屋的私有财产来,也不会给大家添麻烦的。"

浅子毫不犹豫地回答。

"那咱们赶紧分头去拜访名录上的这些人吧!"

祗园想要快速出击了。

"祗园君,我一个人去就行了。"

"夫人,您一个人去,这么多人家,您走得过来吗?"

"一想到改朝换代时为加岛屋受的那些累,这些根本就不在话下。再说,别人去也未必谈得成事。我一天跑十家,十天就是一百家。"

"一天跑十家?那不太可能吧!"

对于浅子那一如既往地不管不顾,祗园不禁皱起了眉头。

"从一开始我就知道办不到。我这辈子,就是盘腿坐在'办不到'上活过来的。"

再也没有一个人站出来唱反调了。大家知道说什么都无济于事了。

"那些贵妇人们整天没什么事,一般都会在家。我会先打个电话,把拜访时间定下来。我得尽量节省时间。"

"好,那我们就信任夫人,就这么办吧!"

祇园一下子站了起来。他去让银行职员们把店门打开。

比预定开门的时间稍晚,加岛银行的大门还是敞开了。人们一下子涌入店中。银行职员让客人们排好队,人们沿着河岸排起了长蛇阵,加岛银行井然有序地逐个给大家取款。浅子的想法很单纯,只要能拉来比取款更多的存款就可以了。

"夫人,有个人说无论如何想要见您。"

"是吗,谁呀?"

"他不肯说名字,他说您一见到他就知道了。"

一名银行职员跑到会议室来找浅子。

"这会儿正忙着呢,会是谁呢?你把他带到会客室吧!"

不久,浅子下到楼下来。

"好久不见啦!加岛屋夫人!"

对方嬉皮笑脸地过来搭话。浅子感到似乎在哪儿见过这个人,但一时想不起来。

"打那以后,就没碰上一件好事!万屋一倒台,就剩下被人欺负了。"

"哦,是万屋老板啊,真是意想不到的巧遇啊!"

这个男人的容貌变化太大了,使得浅子一时没能想起来。浅子不得不起了戒心。万屋在银两兑换商时代,就是处处把加岛屋视为敌人的同业竞争者,从公公正饶口中屡次听到被万屋坑害而后悔不迭的话语。万屋为了抢夺加岛屋的客户,对加岛屋造谣中伤,但事实澄清后反而失去了信用,最终在改朝换代的过渡期中被市场淘汰,消失得无影无踪了。

只见来人面颊消瘦,脸色枯黄,已经与原先的万屋老板判若两人了。舌头也不好使唤,说话吐字不清,好像生了病的样子。

"有、一件事、想跟你商量。"

"什么事啊?这么突然。"

"钱、借我一些!眼看着、我、也要转运啦!有、好事啦!我、需要本钱。"

一边说着话,万屋的额头上一边迸出了豆大的汗珠子。只见他额头青筋暴露,浑身散发出酒气。

"万屋老板,您怎么啦?是不是病啦?"

浅子让人送来一杯水。万屋把杯子放在嘴边,刚呷了一口,马上哇的一声吐在了地上。

"给我酒!我喝了酒,病就好了。"

"酒?万屋老板,这才几点啊,您就要开始喝酒了?"

"给我酒!"

"我们这里是银行,不卖酒!你回家吧!"

已经没必要再聊下去了。对方是个曾加害过加岛屋的心术不正的人。再这么迁就下去,就成了没有是非观念的愚蠢的老好人了。

"我要重新开张做买卖,我需要本钱,把钱,拿出来!"

"万屋老板,我们是银行,我们只对合情合理、有人担保、能获利、能还钱的客户贷款,可现在看来,您不够条件。"

浅子冷冷地拒绝道。

"怎么了?吵吵闹闹的。"

正秋走进会客室来。

"你要是这么想喝酒,就喝够了赶紧回家吧。"

正秋让银行职员赶紧拿酒过来。

"正秋,你不要管他,这种人,你越理他越没个完。做人啊,唯有连睡觉的时间都觉得可惜,努力拼命工作,自强自立才行啊!"

"嫂子,这里您就交给我来处理吧。"

浅子从会客室里出来了,但心情还是难以平复。她真猜不透万屋单挑这个最吵闹的日子,大摇大摆地跑到银行来,到底是想干什么。

"她躲到哪儿去啦?"

走廊里传来万屋大吵大闹的声音。

"万屋老板,您安静点行吗?今天我们银行来了很多客户呢!"

正秋哄着他。

"我才是客户！其他客户算什么？"

跌跌撞撞的脚步声走远了。浅子松了口气，转身回到二楼的会议室。

"可不得了了！他一定要让我们把夫人交出来！"

这次是星野跑上楼来了。

"星野君，慌什么，打发他回家不就行了。"

"他在店中乱吵乱闹，真的给其他客人添了不少麻烦。"

浅子跑下楼梯。

只见万屋坐在店堂的地板上，脸色苍白，眼神游移不定。

"正秋，我不是说了不让你给他酒喝吗？"

"已经没法收拾了！对不起！"

"万屋老板，我现在出来了。您所期望的事，我都已经明确地答复您了。您就别再迷迷糊糊地挺着了，请控制一下身体，坐上人力车吧。"

人力车被叫来，三名银行职员很费力地把万屋抬了进去。

"车夫，哪儿都行，找个不碍事的地方把他放下来。万屋老板，您与加岛屋的缘分就到此为止了。再见吧！"

浅子冲着客人的队列致歉后，用力地踩着地板，回到了二楼。

"真对不起!"

正秋追上来。

"不用黏黏糊糊地总挂念这些事,忘了它吧!"

跟正秋说完以后,浅子自己也不再想这件事了。很快,浅子就把万屋的事忘到九霄云外去了。

第二天,浅子登上了开往东京的夜行火车。一抵达三井家,浅子马上开始给名录上的那些夫人们打电话,至于拜访目的,浅子一概没有透露,只是说见了面详谈。那天接电话的夫人们基本上都痛快地答应和浅子见面。

但第二天的结果可以说是惨败。真正答应往加岛银行存款的只有大隈重信夫人一个人。伊藤博文夫人有急事出门了没见到;松方侯爵夫人原本约好的,可对方又故意推说不在家而回避见她;大山公爵夫人说请让我再考虑考虑;蜂须贺侯爵夫人的回复貌似很正当,称家里的财务全权由管家打理,自己并没有自由支配资金的权力。

浅子原本认为,征集存款一事,应该比给女子大学募捐要容易得多,谁知第一天就四处碰壁,这让浅子再次尝到了挫败的滋味。这一天,浅子直到深夜才拖着沉重的脚步回到三井别墅,寿天子由于惦记着浅子,也一直没睡,在等着浅子回来。

"虽说已经是四月了,可浑身还是感到凉飕飕的,这就是所谓的'花季天寒'吧。您跑了一整天真辛苦啦!吃点儿热乎的吧?"

寿天子还是那样的善解人意,她对待浅子一贯很真诚。

"今天真不顺!"

"我会尽力帮您想想办法,我跟我那些朋友们也都说说试试。"

哪怕只是浅子的一句自言自语,寿天子也都能立即明白浅子全部的心事。

"明天重新收拾起心情,继续加油吧!"

浅子喝下寿天子给准备的甜米酒后,上床休息。可第一天的所有遭遇都在脑海中挥之不去,实在无法入睡。特别是伊藤夫人的不在家,令浅子感到肯定是故意躲她,心中很是不平。

伊藤夫人名叫梅子,是一位对丈夫的无数出轨绯闻都置若罔闻的出了名的贤惠夫人,她以前曾经以小梅的名字在马关当过艺伎,所以具有能读懂人心的技能。①

"不行,这样下去可真不行!"

浅子心中不断重复着这句话。

"必须得再加一把劲儿啊! 我在大家面前可说了我要

---

① 明治维新后的首届内阁总理大臣伊藤博文,以好女色闻名。他公开说,自己对豪华住宅、给子孙留遗产、古董、歌舞等完全没有兴趣,公务之余,唯一的兴趣就是与艺伎们在一起饮酒作乐,一生都与艺伎们纠缠在一起。他迎娶的第二任妻子是在马关当艺伎的、当时十七岁的小梅,结婚后改名为梅子。虽然伊藤其后的人生也一直没离开其他艺伎,但与梅子却始终保持着良好的关系,无论他在外面怎么与其他女人玩乐,一辈子也没有离开梅子。

对支付行为负责的。"

浅子大声地鼓励着自己。

第二天,浅子踌躇满志地出门去,她暗下决心今天务必要出成绩。可事与愿违,结果几乎与前一天一样,还是无功而返。手头持有的资金都让客户取走了,加岛银行正面临着危机。一向无所畏惧的浅子也感到有些气馁了。

寿天子告诉浅子她不在家时有几个电话找过她,第三天约好去拜访的半数以上的人都来电话拒绝了见面。

"这可真怪了!这些夫人们之间肯定是相互通气了。看来她们是都不打算在加岛银行存款了。"

"还真是的,矶野、周布,还有山田、时任,嗯……还有市川。经您这么一说呀,我突然意识到大家那些拒绝的理由确实都有些不那么自然呢。"

寿天子虽然很难启齿,但还是不得不把实情转告给了浅子。

加岛银行总店肯定在等着从东京传来好消息吧。难波银行倒闭的影响实在是太大了,加岛银行的部分支行也出现了与总行一样的被客户将存款提空的情况。浅子的压力实在是太大了。

"说什么也不能认输!"

浅子再一次给自己鼓劲。

第三天早上,意想不到的事情发生了。大隈重信的夫人打来电话。这位夫人,在女子大学创立的相关参与者中,算是与浅子的关系最为亲密的。

"在大家之中流传着对您很不利的风言风语。"

夫人坦率地说道。

"您千万不要因此而气馁。她们好像都在说加岛银行今后是不会长久的。"

"是说我们会倒闭吗?"

浅子感到背地里一定是有谁在暗中策划阴谋,她的心情实在无法平静。

"怎么样,您是不是找涩泽男爵给您出出主意?你们在女子大学创立委员会里都已经这么熟了。"

到了这一步,看来只能仰仗涩泽的指点了。浅子趁着早上的时间给涩泽的宅邸挂了电话。

"是广冈夫人啊,真难得接到您的电话!"

接电话的刚巧是涩泽本人。那充满温情的令人怀念的声音通过电话听筒传进了浅子的耳朵。被逼到穷途末路的浅子,真想对着听筒大哭一场。

"您业务那么繁忙,平时也难得在家吧。"

涩泽的话,如同上苍的因果善报一样,令浅子的心情激动不已。

"先生,我需要您的指点! 我想尽早见到您!"

"你我都很忙,有什么事不能在电话里说呢,广冈女士?"

"那我就失礼了,请您一定原谅我的冒昧。难波银行倒闭了,在大阪造成的影响很大,再加上不景气,大家都风传恐怕会出现经济危机呢!"

"问题没那么严重吧?"

涩泽想清晰地给出一个结论。

"客户们都接连来取存款,加岛银行在我个人承担全部责任的条件下全额向客户支付了存款。我想我要破产了。"

"你过于担心了吧。"

"您是不是觉得这事跟您没关系才这么说的呀,倒一家加岛银行也不算什么。"

"您说什么呢!真要发生经济危机,政府能视而不见、坐视不管吗?像您这样只想着自己家的事,只盯着自己的脚尖看,是看不到全局的。"

被涩泽这么一通批评,浅子反而松了一口气。迄今为止,涩泽很少这么直截了当地回答浅子提出的问题。经与涩泽这么一交流,浅子忽然意识到了什么。如果经济危机真的要来临,那整个日本经济都将陷入危机。我们只被加岛屋一家的安危一叶障目,看不清大局,可经常思考公众利益等大事的涩泽是不会对整个经济形势看走眼的。

"谢谢您了!"

浅子除此之外不知该说什么才好。

"您可别一放下心就偷懒啊,您从大阪过来是有目的的吧?您要完成它才成啊。"

如果站在整个日本经济的高度去看,就不是加岛屋一家如何如何的事了。一旦意识到这一点,浅子的心情放松了许多。

翌日,浅子继续手持名录进行走访,但并未见事态有什么好转。

在四处碰壁当中,只有大隈夫人一人肯悉心听取浅子的建议,还不惜给出建设性的意见。夫人往三井别墅早晚各打了一次电话,每次都给介绍了具有存款能力的朋友。夫人所表现出来的好意背后,有着大隈重信本人的支持。浅子受到大隈的知遇之恩,是在认识成濑后不久的事。为了给女子大学募集创立资金,成濑找负责为早稻田大学募集经营资金的负责人市岛去讨教。市岛因担心女子大学的资金募集会影响到早稻田大学的资金募集地盘,所以并不想帮助成濑。后来还是浅子帮助成濑,才得以直接与大隈进行谈判。

大隈不愧是大人有大量,他提出"早稻田广向天下大众募集,而女子大学则主要向财界有实力人士募集,这样成功率才会比较高"的看法,浅子被大隈与市岛完全不同的伟大精神所感动,从那时开始就与大隈建立起了相互信任的朋友关系。而大隈那边,也把浅子形容为"天性伟大的广冈夫人"而大加称赞。

第五天、第六天,浅子并没有泄气,她仍旧不知疲倦地走访寿天子的朋友及龟子、井上秀的熟人等,拜托他们在加岛银行存款。

"我丈夫说了,就是把三井家的房子卖了,也要给您帮忙。"

高景夫妻的鼎力援助,令浅子的精神为之一振。她深切地感受到全心全意替自己着想、处处为自己担心的娘家人的可贵。

浅子从外面拜访回来时,高景正在三井家的会客厅里等她。

"还真像涩泽先生所说的那样,政府出台对策了。日银放出救生船,听说马上要有救济性融资了。"

高喜表情明快地坐在那里,这个意想不到的好消息一下子触动了浅子的心弦。

"真的?"

"这消息很可靠!三井的大元方从正规可靠的渠道听到的。马上就要公布了。"

"那可真太好了!"

一直紧绷着的神经一下子松弛下来,浅子几近崩溃。可如果现在松手的话,加岛屋原本的目的就达不到了。与其去拿救济融资款,当然不如增加客户存款了,这才是最终的目标。

"我明天还得出去跑。"

"您多保重身体吧,我们可担心了。"

"身体不用担心,你没看那陀螺动的时候是一直不会倒下的吗。"

浅子想上二楼去,她用手抓住了楼梯扶手。此时,从右侧乳房一直至肩膀产生了一股缓缓的阻力,虽然没有痛感,但仿佛有一根棒子串过一般感到僵硬。浅子用手去触摸胸部,乳房上的硬块变得惊人的大,一阵不安突然在浅子心头闪过。可现在什么都无暇顾及。浅子一边迈步一边这样想着。

第二天,浅子比平时更早地起身出了家门。由于心里已经有了救济政策这颗定心丸,所以拜访的事也就不再是苦差事。浅子迈开大步向前走着,脸上浮现出无忧无虑的微笑,双臂也跟着摆动起来。那点病算得了什么?浅子意气风发。

几天后,报纸上出现了连篇累牍的报道,针对大阪的金融危机,日银决定出台救济融资政策。

于是,加岛银行的存款额开始稳步增加。

在大阪本店,祇园和星野满脸狐疑地在聊天。

"银行一旦不再危险,存款额就开始增加了。这些客人怎么都这么现实啊!"

其中,东京支行的存款额也在大幅攀升。经调查,可以一目了然地看到,浅子所持名录上的那些人纷纷都在加岛银行新开户存款。

"咱们夫人的腿都跑细了,看来这一切并没有白费。"

"可不是,夫人她其实也不知道接下来会发生什么情况。"

咱们跟夫人可真没法比!两人脸上都呈现出佩服的表情,深深地叹了一口气。

大同生命的诞生

危机骚动过去大约一个月的时候,万屋再次出现在浅子面前。

"老板娘,上次真是给您添麻烦了,对不起啦!"

早晨,浅子刚要走进银行,见万屋站在入口处。

"我无论如何想再见您一面,所以就来了。"

"我今天有会议,很忙,我的态度上次都已经告诉过您了。"

"您别这么说,我都向您道歉了。外面不方便说话。"

万屋厚颜无耻地抢先一步主动往店里去,只见他径直穿过那天走过的走廊,打开了会客室的门。

"他倒抢先一步,真让人受不了。"

浅子虽这么说着,可还是让正为早上开店迎客忙碌着的女银行职员给万屋送来了一杯茶水。

"我上次也拜托您了,只要有资金,我就可以重打鼓另开张。我有好的线索。"

"好的线索,是什么呢?说来听听。"

"我打算做棉麻织物的生意。"

"现在很多商家都在做这类生意,竞争可激烈了,想获利可不是一般人想象的那么容易。只靠这个我们并不能轻易把钱借给您,您把这个事想得太简单了吧。"

浅子对万屋那种任性的行为已经受够了。

"这就全凭咱们的老关系啦。希望您相信我,把款贷给我!只要有了钱,我们家也可以像以前那样把店开起来。"

"银行向外贷款,是要求对方必须连本带利偿还的。如果您说您想搞事业,那我们必须得调查清楚什么事业?成功的概率有多少?有没有还款能力?有没有财产可做抵押才行啊。"

"你不用说这些难懂的话,咱们过去可都是开钱庄的同行啊。"

"听说我不在时您也来过,说要借很大的金额,而且也没什么能用来抵押的东西,对吗?"

"我听说加岛屋的钱多得都快烂掉了。贷给我的那点钱,也就是相当于老板娘您的一点零花钱而已,我看您根本不用往银行的账上记了,行不行?"

"那不可能!"

银行职员进来通知浅子说,那边会议的人员都已经到齐了。

"我还有个很重要的会议。您回去吧!"

"老板娘,您贷款给我的话,万屋可以重新立起来啊!"

对于偏执而又纠缠不放的万屋,浅子的态度越来越冷峻。

"又不是因为加岛屋的过错让万屋倒下的,我们有什么义务非要扶持你万屋重新立起来呢?"

这么说虽显得不够大气,但浅子还是严词拒绝了对方的要求。有没有抵押品倒在其次,关键是浅子看透了万屋的人性。他那样的人品,即使开始做新的生意,照样还会生意惨淡,这是明摆着的事。

"我不是一个人,家里人也会帮我的。"

"不行就是不行,我很忙,告辞了!"

"老板娘,你以为这样就算完了,那可是大错特错啦!"

万屋眼看没希望了,态度突然一转,甩下了一句威胁的话,悻悻地离开了加岛银行。

"谁来撒把盐,去去晦气!"

有洁癖而又认死理的浅子实在无法原谅万屋的胡言乱语,她大声怒吼道。

各种约稿让浅子忙碌异常,不知不觉,万屋的事已经从浅子的脑海中消失了。特别是矫风会大阪分部主办的演讲会的日期已经临近。会场在中之岛的公会堂,这次演讲规模对浅子来讲是迄今为止最大的一次,要讲两个小时,浅子必须抓紧准备。她埋头思考着这份讲稿要分成几个部分。

首先,成功的秘诀关键要看这个人是否具有活力。如果具有超强的活力,不仅能体现在工作中,还能体现在人生观上。试看古今,无一例外,成功者都具有非凡的活力。

其次,想谈谈所谓"真我"和"小我"的话题。人往往被自身的个别想法所局限、所左右,而忘了大局。这是基于"小我"的人生观。可在这个世界上,超越作为个体某个人的一个个小我,存在着被称作更大的普遍性真理的东西,那就是"真我"。不被小我束缚,以真我为基准时,这个人的人生观就不会走进死胡同。

浅子在工作间隙,一直在思考着这些问题。她反复修改着演讲稿。

中之岛公会堂的演讲是在晚上,男性听众占绝大多数。浅子重振加岛屋的亲身体验,以及所受的磨难,在听众中引起了极大的反响。演讲盛况空前,大获成功。

从公会堂到加岛屋的距离并不远,浅子谢绝了主办方为她准备的人力车,打算散步回家。

行至旃檀木桥前,浅子突然感觉身后似乎有人尾随,她忍不住回头张望。但四周连一个人影也没有。

"是我多心了吧。"

浅子还是隐约听到有小跑着逼近过来的脚步声,不免心惊肉跳,加快了回家的脚步。当她走到桥中央时,从身后突然蹿出一个人影,猛地向浅子的后背扑来,一把匕首瞬间插进了刚巧转回身来的浅子的侧腹。

"快来人呐!"

浅子感到自己的呼救声仿佛离自己越来越远。男子的身影如兔子般消失在茫茫夜色中。

"我还不能死!跌倒九次,也要第十次爬起来!我不想死!跌倒九次,也要第十次爬起来!"

浅子反复背诵着自己的信条。她的意识逐渐消失了。

幸好时隔不久有路人经过,发现了浅子,报告了当局。浅子被送往大阪医院。腹部的伤口直达深部,导致肠子损伤严重,大量出血。

立即实施输血,手术一直做到第二天黎明。医生说,只要撑过两天,就不会有生命危险。手术几乎切除了浅子所有的肠子,缝合得很成功。但由于出血过多,仍处在危险状态。鉴于上述医嘱,不得不向所有亲属通报了浅子受伤的消息。

加岛屋一族人,娘家东京小石川的三井家一族人都悉数通知到了。三井大元方向三井十一家下发了紧急文件。报纸也报道说,加岛屋浅子病危。

信五郎、龟子、小藤始终没有离开过医院。其他人一律谢绝会面。麻药已经失效,又过了一段时间,浅子的意识还是混沌不清。

"龟子,你母亲说不定已经不行了。早知道她会遭此劫难,还不如早点让她引退呢。"

信五郎顾不得抹去满脸的泪水,茫然若失地说道。

"您说什么呢！一直说着跌倒九次，也要第十次爬起来的人，是不可能死的！"

到了关键时刻，龟子变得比父亲还要意志坚强。

"我一直以为龟子就是个老实孩子，没想到你还真不愧为浅子的孩子。到了最后关头还真顶得住。真像你母亲！"

信五郎此时很想找到一个依靠，哪怕那个人是自己的女儿。

犯人的线索，从遗失在现场的一条擦手巾中搜寻，不久就锁定在了万屋身上。万屋马上被逮捕了。

虽说谢绝所有探视，但还是不断有很多人跑到医院来。他们知道不能见面，但仍想表达自己不希望加岛屋夫人去世的心愿。医院前台接待处挤成一片。无奈，医院只好开放出一间会议室，供前来探视的人使用。加岛银行的祇园和星野负责在医院的接待工作。

加岛屋的本家、分家亲属，三井十一家，大阪实业界，日本女子大学相关人员等的探视，络绎不绝。

将近一周的时间过去了，病情一直不见好转。心跳微弱，血压异常下降，高烧不退。

"夫人，您一定要活着！您一定要好起来啊！"

小藤对浅子的伤情担心得不得了，旁人看起来都会可怜她。自从浅子受伤后，她从没有一天躺下睡过觉。她去给浅子换降体温的冰囊时，曾经在走廊的洗手池前晕倒，跌坐在地上了。

到第八天终于有了反应,浅子微微睁开了眼睛。

"这真可以称作奇迹了!夫人的生命力胜过了一切!"

听了主治医生的话,龟子禁不住像母亲那样,在医院的走廊里连呼万岁,惹得信五郎直皱眉头。

刚一脱离生命危险,恢复了意识,浅子就开始积极地进食了。

"我必须多补充营养,早日恢复健康,返回商界。听说整个大阪的人都在为我担心,我必须做好工作,回报大家。"

浅子嘴中不停念叨着要尽快回到工作中去。

"你就当是老天爷给你放了个假,好好在医院里静养一段时间吧。"

信五郎真心希望能借此机会,让总是全身心投入于工作中的妻子休养一番,甚至他觉得浅子就此引退也是可以考虑的。

"你要是再遇上这种倒霉事可怎么办啊,下次说不定命就保不住了!"

浅子根本听不进去信五郎的话,信五郎只好略微吓唬她一下。

"怎么样?咱们买幢别墅,过过清闲日子吧?"

"我这个人闲不下来。我还有一件无论如何也想要做的事呢!"

"又是做生意吧？身子躺在病床上，脑子里也全是事业、事业！"

"一出院我就得马上着手做准备！"

"遭了这么大的难，连命都差点丢了，脑子里还是离不开做生意。夫人啊，我看你真是生来就是个受累的命！"

"人啊，有时候很难明白幸运到底意味着什么？如果不是遇到这么大的磨难，也许到死也明白不了。这让我还得感谢万屋呢。"

浅子的话令大家感到意外。信五郎更是丈二和尚摸不着头脑。

"这次你又要做什么呢？"

"是朝日生命。这次在生与死之间走了一趟，让我意识到生命保险的重要性。"

在创立银行的热潮之后，把对生命的保证与存款利息结合在一起的生命保险事业初露头角。加岛屋的亲属中已经有人开办了朝日生命保险公司，它是在相关事业中需要资本金最小的。同当初的银行业一样，保险公司如雨后春笋般在社会上不断涌现，市场上出现了鱼龙混杂的局面。朝日生命目前以加岛屋本家为核心从事着经营，是一家稍有亏损的公司。

"哪怕只有一家亏损企业，也会拉其他业务的后腿。为了扭亏为盈，我们该做点什么好呢？"

这次的伤害事件，使浅子得以对人的生命进行细致的思考。浅子可真是个跌跟头都不肯白跌的人。若不是遭遇到这场劫难,浅子也不会认真考虑要做这件事。

"只要增加客户数,赤字不就没了吗?"

信五郎总是把事情往简单处想。

"目前这个局面,单纯靠去争夺客户是很有局限性的,很难指望有大的发展。到最后,只会落得个与竞争对手一起倒闭。"

现在加岛屋的业务,银行占主要部分。可银行业是受到市场经济状况制约的。一旦出现不景气,资金的流动性马上就会放缓。而生命保险,与客户签订的是十年、二十年的长期合同,只要合同一旦成立,就是一个长线生意。这是保险公司最大的有利之处。

"保险几乎都是涉及'终身''养老'的长期合同,物价越来越高,对这个生意是有利的。"

"是啊,倘若真的出现事故或死亡,对投保者的家属也是有帮助的。"

信五郎也开始逐渐产生了兴趣。

"与其说物价上涨,不如说是物价暴涨。"

作为物价衡量标准的大米价格一路飙升,全国各地都在发生哄抢米仓事件及农民的武装暴动。

"黄金的价格不断在下降,可人的寿命却不断在延长。"

"我倒不这么认为。随着汽车、机械等文明利器的广泛使用,各种事故也随之多起来了。"

"医疗技术也是日新月异,以前治不好的疑难杂症,现在能治好了。以前女人想当医生,也没有一家能收留她的医学院。可现在,都有培养女医生的学校了。"

二十年前,荻野吟子走进了过去只对男子敞开大门的医学院,最终当上了日本第一位被社会承认的女医生。

"医生的数量也在逐渐增加,人的寿命肯定会越来越长的。"

浅子通过与信五郎的交流,不断验证和巩固着自己的想法。

目前,人的寿命大约是五十年。将来一定会延长到六十年、七十年的。人的寿命越长,保险事业的利润越高。

信五郎为了避免浅子独自下决断,思路跑得太快,总是故意给她的想法泼一些冷水。但浅子似乎反而越来越确信自己的想法了。

"还是把两三家公司整合在一起,大家拧成一股绳,共同摆脱经营低迷的状况比较好。也就是说,大家把手拉起来。"

浅子得出了这样的结论。

"这不可能。朝日公司目前赔着钱呢,谁愿意跟一个赤字企业牵手啊?"

信五郎仍旧是从常规的角度考虑问题。

"如果办什么事都从一开始就觉得不行,那结果就是真不行。明知不行也先树立起明确的目标,然后思考怎么做才能成功,找出问题的焦点集中采取行动,这才是最重要的。"

即使公司合并成功了,接下来就面临着谁当社长、谁当董事等新公司的人事问题,这也是很难以进展、很容易产生纠纷的地方。

"咱俩总坐在这里空想也没用,到时候召开股东大会商议就行了。"

浅子决定召开加岛屋各项事业的集体会议,请加岛煤矿、加岛银行、广冈商店、朝日生命保险、尼崎纺织等公司的社长及全体董事出席。很快,全体会议如期举行了。

"跟我预想的一样,超过三分之二的董事都表示反对,不靠与其他公司合并,而是靠自身的力量改变赤字局面的意见占压倒多数吧。"

正如信五郎所预测的那样,合并一事被会议否决了。所有这些董事,都是浅子提拔起来并让其加入到加岛屋的事业中来的。一般来讲应该会听浅子的话。浅子不想放弃,她决定一对一地展开对话,只能花时间去说服这些董事了。浅子十分耐心地逐个去讲解合并的好处。不知是否因此起了效果,部分董事的态度发生了改变。于是,浅子再次召开了董事大会,这次赞成的人以微弱优势胜出,终于得到了董事会的批准。

但这只不过是朝日生命单方面的方案。浅子必须先在朝日内部统一大家赞成公司合并的想法,然后再到外面与其他保险公司接洽。

在洽谈合并事宜的所有保险公司中,北海生命、真宗信徒生命、护国生命这三家最有意向。可谈到最后,各家公司都显露出各自的利益,始终无法达成协议。

浅子首先让大家充分了解保险行业的现状,指出只要签了合并合同,各家公司的利润都会比单独经营时翻倍,肯定会出现急速的发展。经浅子反复游说,北海生命和护国生命有些动心了,浅子的侧面说服工作逐渐奏效。

于是,浅子委托朝日生命的董事中川小十郎负责谈判交涉。她觉得最终的收尾工作,还是请保险业界的资深且靠得住的男士来负责更为合适。

"我就是个产婆的角色,孩子一生出来,产婆就没用了。做事业也是同理。"

浅子这么说道。结果快要出来了,她不打算再站在第一线。再有,她感觉自己的体力也在急速衰退,疲劳感越积越多,早上下床都很困难。乳房上的硬块也比以前更大了。

当初认为很困难的合并,遇到的难题逐一被攻破,终于快要变为现实了。朝日生命、北海生命、护国生命三家得以牵手。对于新公司的命名,种种意见交流的结果,出于"求大同存小异"之典故,最终选定了"大同生命"这个名字。在加岛屋迄今为止的各项事业中,该保险业务的规模是最大的。

第一届社长由加岛屋本家的广冈久右卫门正秋担任，首席董事由朝日生命派来了中川小十郎，祇园清次郎任监事。新保险公司的董事会由朝日生命五名、护国生命七名、北海生命一名组成，这个人数是按每家公司迄今为止的收益比例来分配的。

合并前，护国生命的签约额是五百二十万元，朝日是三百七十五万元，北海是七十万元。北海还背负着四万五千元的亏损。

新公司的股东总共有一百四十七名，其中广冈正秋持有三千二百股，广冈信五郎持有一千二百股，此二人所持股份占全部股份的百分之七十。经推举，信五郎当上了副社长。浅子因创立公司有功，作为特殊待遇董事被授予参事的头衔。

正如浅子所预想的那样，合并后，公司的签约额急速增长。各公司不断推出新的合同品种，与单独经营时相比，产品线丰富了许多。有终身保险、养老保险、开运保险①、生存保险等，养老保险又分为两种。生存保险中，还有针对男

---

① 大同生命是于一九〇二（明治三十五）年七月十五日创立的。当初继承了合并前三家公司的保险合同。在继续销售的产品中，有一款死亡保险分为终身、养老、开运三种。其中的开运保险，是从合并前的护国生命公司继承过来的一个险种，只在合同期满时才支付保险金，但期满前被保险人死亡的，之后的保险费可以被免除。保险费的收取，除全额趸交外，还有分十年、十五年、二十年、二十五年等的缴费方式。

子的修业保险和针对女子的结婚保险等。富于变化的营业品种极具魅力,吸引了不少客户前来签约。

在大同生命起步之年,龟子与子爵一柳家的次子惠三成婚,惠三入赘过来当了上门女婿。惠三是东京帝国大学法学系毕业的高才生,婚后立即着手投入到与加岛银行和大同生命相关的业务中。

加岛屋的事业到达了顶峰。大同生命公司的成功创立,使得加岛银行和广冈商店在全国各地的分号明显增多。九州的煤矿,与刚收购时相比,出煤量大幅攀升。已经几乎没有什么人还记得加岛屋曾经有过陷入经营危机的一幕。

可正在此时,意想不到的不幸偷偷靠近了。信五郎食欲下降,身体状况变得越来越糟。他身兼数职,既是尼崎纺织的社长、加岛银行的行长,又是大同生命的副社长,每天的繁忙程度甚至超过了浅子。每每夜深人静回到家后,他都累得倒头便睡。

"浅子你不能死!如果可以,我情愿替你去死!"

发生伤害事件时,信五郎曾这样给自己的妻子鼓劲儿。

浅子心中萌动着不安,她很担心信五郎的话真的会应验。

"您是不是病了?赶紧把医生请来看一看吧!"

"上岁数喽,就是工作太累了,别大惊小怪的。"

尽管浅子和小藤都十分担心,但信五郎在这件事上就是异常的固执,不肯休息。

"对了,我想起一个好主意!以前您不是说过想在能看见富士山的山坡上修建一座别墅嘛,咱们一起去那里避避暑怎么样?"

望着日渐憔悴的信五郎,浅子的内心感到非常后悔。她意识到由于自己工作缠身,有些本该做的事却忽略了。

"女子大学创立委员会的桦山先生曾说过,他的别墅附近有一块地很不错。"

浅子去东京时,曾受邀到访过位于御殿场的桦山家的别墅,他那里就是一座可以看见富士山的别墅。

"从御殿场车站到他的别墅,女人走路也就二十分钟就到了。要是坐人力车,那就更快了。"

从那一带的别墅区看过去,富士山好像伸手可得似的,近在眼前。背后是乙女峰。

"我以前是有过这个想法,可从大阪过去实在是太远了。"

信五郎浑身倦怠,看起来他已经没有气力到别墅去了。

"火车也提速了,很快就能到,御殿场比东京离咱们还近些,咱们还是在富士山脚下盖一座别墅比较好。"

比起人多空气又不好的大阪,让信五郎在充满自然绿色、空气清新的环境中养一养,没准儿病就好了,人就有精神了。浅子心中暗想。

"如果夫人那么中意那块地,那就买下来盖别墅吧。"

见浅子那么有兴致,信五郎爽快地答应了。

"富士山近在眼前啊,光听这句话,心里就觉得舒畅。抓紧盖吧,争取这个夏天结束前,和浅子一起去看看。"

一直是个慢性子的人,忽然催促起来,浅子心中泛起一种不祥之感,很是不安。

"夫人你真是受了不少苦啊!假如你没嫁到我家来,真不知现在会是什么样子。"

声音还是显得有气无力。浅子看着丈夫的样子,心如刀绞,她低下头去不忍再看。

"别墅,算是我送给你的礼物,代表了我对你的谢意。在我的有生之年,哪怕是一个也好,我想回报你一些。"

"你看你!干吗说这些让人心烦的话!"

浅子故意用轻快的语气回应着,但内心的不安却怎么也驱之不散。对于浅子来讲,信五郎是与之朝着让加岛屋繁盛这一目标共同迈进的志同道合的好伙伴。

"我这咳嗽,大概是烟抽得太多了。到了御殿场,吸了新鲜空气,没准儿就能治好了。"

"是啊,所以说别墅不是为了我,是为您建的。"

浅子勉强挤出一个笑容。

建别墅的各项准备,马上紧锣密鼓地开始了。经桦山先生介绍买到的土地,大约有三千坪[①],很适宜向远处眺望。在院子里就可以看见富士山的一角。

[①] 一坪等于三点〇五平方米,三千坪大约九千九百一十七平方米。

为了能眺望位于别墅地西边的富士山,别墅倚东而建。这是一座大约五十多坪的二层建筑。别墅地的四周种上常绿树木作为分界,院内几乎种满了草坪。经过精心设计,从任何一个房间都可以看到富士山。不到两个月,房子建好了。为了体现出山庄的风格,没有使用任何涂过漆的木板,房间的墙面全部使用上等的侧柏木板铺就。由于不涉及灰泥工程,所以短时间内就完工了。

"咱们在院子里种上一棵树,留作纪念吧。我和夫人今后即使不在这个世上了,这棵树还可以一直留下来。"

不知何故,信五郎的每一句话,都证明他已经明显意识到自己将不久于人世,这深深刺痛着浅子的心。浅子从附近的农家那里分来一枝黄杨树的小树苗。

"咱们把它种在院子的正中间吧,这多引人注目啊。"

"大草坪的正中间,孤零零地立起一棵树苗,看起来怪怪的吧。"

嘴上虽这么说,但浅子并不想违背信五郎的意愿,于是树苗被种在了院子正中间。不久,黄杨树吐出了嫩芽,经过反复修剪,这棵树被修剪成了雨伞的形状。在铺满草坪的院子正中,一把硕大的绿伞支在那里,营造出一片绿荫。多年后,加岛屋的子孙们在这片绿荫下休息乘凉,但这可是现在这两个人所想象不出的情景。

凤凰涅槃

明治三十七年①六月,广冈信五郎在亲眼见证了加岛屋的最盛期后离开了人世。那个初夏,浅子五十六岁。

"加岛屋的事儿,您就别担心了!龟子的丈夫是个好人。"

浅子冲着信五郎的遗像说道。

大同生命的创立也已经过了两年,现在逐渐走上了正轨。丈夫的遗志,全部由女婿惠三继承。在丈夫去世的四个月前,日俄战争爆发了。所以广冈信五郎的死,并没有引起大家更多的关注。在此前后,日本实业界又接连丧失两位重将,他们是古河市兵卫和近江商人伊藤忠兵卫。

在开始九州煤矿的经营后,浅子曾多次向古河讨教,学习管理经验。被人们称为废矿的足尾矿山在被古河买下后,古河不惜被人称作狂人,以惊人的毅力让足尾矿山复

---

① 一九〇四年。

活。他成功的秘诀在于合理利用矿山,以及引进现代化的技术。古河接二连三地从国外引进最新的先进技术,把足尾矿山建成了日本第一的矿山。

浅子对伊藤忠兵卫所实行的三分割制度也特别感兴趣。排除家训等观念上的条条框框,伊藤始终标榜实践第一的原则。

从销售额中扣除使用资金所花费的利息等财务成本后,将剩余资金等分成三份,一份提取为公积金,其余三分之二中的一份拿出来均分给店员。这样,利润直接与店员的收入挂钩,大家都对经营状况有很强的责任心。这在利润理所当然归一人独占的当时那个时代,可谓是一个创举。它直接对员工产生了激励,是一个鼓舞士气的创新型管理模式。

信五郎去世后,浅子想把事业全部移交给惠三。虽然从一线退下来,但为加岛屋的繁荣而继续工作的心不变。龟子的丈夫惠三,被认定为大同生命的下一任社长。

现在最令浅子担心的,是从小在优越环境中长大的龟子。她对加岛屋当时所处的困境一无所知,喜欢讲排场,花钱如流水。这从历尽苦难才使加岛屋得以重振的母亲看来,这种生活方式真是风险重重。浅子想来想去,还是以不动产的方式多给女儿留下一些资产才好。

"我真不喜欢住在人多嘈杂的地方,如果能在绿色森林环绕的地方生活,那该多美啊。"

龟子诉说着自己的梦想。

"你觉得芦屋那个地方怎么样?把那儿的山和森林都买下来,建一个惠三和龟子自己的家吧。"

按现在加岛屋的财力来讲,龟子的梦想完全可以实现。一贯行动迅速的浅子,立即把六甲山脚下的三个丘陵,大约四万坪的土地买了下来。

"你们就把盖房子和建院子的那块地上的树伐了,其余的自然森林全留下来吧。"

浅子这样建议。房子的设计决定委托给惠三的妹妹一柳满喜子的未婚夫——设计师沃瑞斯。沃瑞斯除从事设计外,还在日本宣传基督教,此外,他还销售一种叫做曼秀雷敦的软膏外用药。满喜子从美国留学回来后与沃瑞思相识,他们打算成就一桩国际婚姻。①

沃瑞斯仔细听取了龟子的愿望,他准备画一张大约六百坪的森林之家的设计图。

"钱不是问题,就全交给您了!"

浅子拍打着设计师的胸脯。浅子的头脑中已经开始勾勒耸立于森林深处的一座雄伟宅邸的轮廓,它大概将成为加岛屋累积起来的财富的一个象征吧。

森林之家的施工准备,有条不紊地进行着。

---

① Vories 的全名是 William Merrell Vories(威廉·玛瑞尔·沃瑞斯),日本名是一柳米来留,出生于美国的著名修建家,曾参与修建松坂屋百货公司等日本很多著名的建筑。

过去,加岛屋曾经在堂岛一带建有成片的米仓,也曾拥有过土佐堀川沿岸的广袤土地。目前的势头已经凌驾于曾经的全盛期之上了。可到了这一步,浅子却时常感到内心无比的空虚。她总是在想,自己活着的真正意义,不应该只在这些物质方面的成功上。

季节转眼到了风吹落叶的时节,浅子不顾寒冷,动身前往御殿场二冈的别墅。自己这一辈子净顾着一个劲儿地往前奔,始终把加岛屋的繁荣复兴作为第一要务来考虑。这次,浅子想静下心来回顾一下自己的人生道路。

在别墅的一个房间里,浅子与富士山对视了数日。好似戴着雪白银冠的富士山的雄伟身姿,有着令人肃然起敬的冷峻之美。由于最佳季节已过,山里零星分布的几幢别墅中几乎见不到什么人影,安静异常。

"好!就这么定了!"

"您一个人在这儿自言自语什么呢?定下什么了?"

"哟,你吓了我一跳。这个龟子,你怎么突然来了?"

龟子绕过别墅的庭院,走了进来。

"惠三说我让妈妈一个人来别墅,太不谨慎了。"

龟子带来了女佣和秘书。她说她逗留个四五天就会回大阪,带来的两个人将留下来照顾浅子。

"我想今天就把加岛屋这块招牌全交给龟子,希望你和惠三一起好好守住这份家业。"

"这么喜欢工作的妈妈,难道想要隐居吗?我想您不会是生病了吧?"

"凭惠三的本事,我交给他已经很放心了。现在的事业越来越现代化,今后是年轻人的天下。"

"这话真不像是妈妈说的。您要从一线退下来吗?"

"龟子,我并不是老朽了要隐退,我有另一件新事情要做。"

"您又要重新开始做什么吗?您可真是大忙人!"

虽说要让惠三继承事业,可浅子并不打算去过闲散的隐居生活。

"妈妈您今后打算做什么呢?"

"我想让这座别墅充分发挥作用,和年轻人一起在这里学习。我想在这里和大家一起思考和探讨日本女性未来的人生观。"

"以前好像听您说过这样的话。"

这对母女已经很久没有像这样单独在一起说说话,住一段时间了。

"西洋的女性,都有独立的自我意识和明确的主张,而日本女性还在讲什么'三从'。今后再这么依附着别人、被动地活着可是不行了。"

浅子认为,以男性为核心的社会道德体系眼看就要崩溃了。这一点,从满喜子和沃瑞斯的交往中就可以看出。他们的交往方式令浅子耳目一新。沃瑞斯的态度中,充满着对女士的照顾和关爱,处处体现出"女士优先"的思想观念。

在美国,一夫一妻制是理所当然的。这是从基督教的清教徒那里衍生出的一种思想,认为丈夫应只守着一个妻子并尊重她。而在日本,就连身居要职的政府高官们也有很多人是与妻妾同居一处的。

浅子每次去东京,都会去日本女子大学,她在那里感受新时代的潮流,很多时候都能触发她的灵感。那些女大学生们也亲热地称浅子为"广冈阿姨",对浅子很是仰慕。

"我想把年轻人叫到这个别墅来,在这里举办讲习会。龟子和井上秀也一起来加入我们,一起学习吧。"

"我还要照顾惠三,可忙呢,我可来不了。"

龟子对家庭以外的事,似乎并不感兴趣。在实力强大的丈夫的呵护下,龟子只想过安乐的日子,并不想有过多的社会意识。

"阿秀那孩子很有远见,将来一定会有出息。"

"我这辈子,就在芦屋的森林之家与我丈夫一起享受美好生活了。"

龟子无欲无求,她只想做个平凡的女人。

即使惠三继承了事业,浅子也无心去游山玩水。她想让那些年轻女子住在自己的别墅中,把她们培养成对未来日本社会有用的人才。这个念头,不仅没能使浅子闲下来,反而比以前更忙了。

来自杂志社、报社的约稿更加频繁,请浅子去演讲的次数也在增多。《新女界》《妇女新闻》《家庭周报》等刊物上,时常出现浅子的名字。

目前,女性解放运动的时机尚未成熟,奥村五百子先行组织了一个爱国妇女会。即使日俄战争能打赢,战死者也将频现,遗属们的生活困难是显而易见的。爱国妇女会就是以援助在战争中死去的军人及救护伤兵为目的而组织起来的。

创立时仅有会员一万三千人,六年间上升至八十万人。在国内,爱国妇女会呈现出一边倒的势头。

"乞食的劣根性最要不得。我最厌恶的,就是总指望别人为自己做事,还把这个当做理所当然。"

浅子发表了上述言论,对爱国妇女会轻易庇护军人家属的行为进行了指责。她提醒道,给予物质和金钱的帮助只能解决一时之需,其结果,往往让对方起了依赖心,等于是培养了一帮靠他人恩惠吃饭穿衣的惰民。

浅子主张,应该在全国设立职业介绍所和职业培训学校,收容因战争而守寡的女人及孤儿,教给他们生产和经营的技能,教育他们自强自立地生活下去。浅子以自己最擅长的实用数学来算了一笔账。

爱国妇女会,每年为军人遗属及残废军人救护所支出的费用为三十万至四十万元,应该把这笔费用转用到设立职业介绍所和职业培训学校上去。把每年支出的四十万元的费用,按每份五万至三万元划分,一年可以在八到十三个地方建立职业培训学校。这样一来,不出几年,每个县都可以保证有一所这样的学校,今后可以再逐渐增加。

"给那些只想依赖别人的懒汉们施放救济金的所谓慈善事业,正如竹篮打水,到头来是一场空。"

浅子的主张比较严苛,她提倡人们应该依靠自身的力量,付出辛勤的劳动,去创造美好的生活。而且,浅子很厌恶表面的善良和口头的仁慈。从她在《妇女新闻》上刊登的一篇题为"精神欺诈必须严惩吗"的随笔中,她的这种观点可见一斑。

浅子具有把人看穿的敏锐的洞察力,她把那些巧妙遮掩自己的过失,内心老谋深算,一心追求自身名利的人称为"精神欺诈者"加以防范。

她接连不断地在报纸及杂志上发表《鉴于我国的使命》《活力主义》《知悉真我,从而获得妇女的自立》《女子高等教育之必要性》《日本妇女的未来》《心灵的洗涤》《娼妓是野蛮思想的代表》《二十世纪的日本妇女》等内容的随笔。

在《鉴于我国的使命》一文中,浅子强调了培养既有高尚人格,又具备专业知识和才能的人才的重要性。她除了做这些理论性阐述外,很多时候都会把自己积累的实际经验毫无保留地写出来。

回忆当年,我经常往返于深川及小石川水道桥之间,一般来讲,我连人力车都不坐,总是选择徒步。毛利先生的家宅尚在品川八山时,我总是先步行一段路,然后再乘坐三等火车去他家。不管是乘火车还是轮船,我都是选择三等座。那时,我身体不太好,几次被医生宣布"活不过明年了",而我却一直固执地觉得几时死并无所谓,反正我那些想做的事是一定要努力在死前做完的。直至现在,我那所谓的肺病也好、其他什么也好都无影无踪了,我身体这么结实,就算乳房处长了瘤子,有人称之为乳癌,我也不在乎。我相信,我是不会向疾病低头的……

读完《妇女新闻》上刊载的这段文字后,龟子的脸色变了。

"您文章中写的'没准是乳癌'到底是什么意思嘛,赶紧给我看看!"

浅子不想让龟子看,但龟子强行脱下了妈妈的上衣。

"可真够严重的!我整天净忙着照顾丈夫了,却忽略了您的健康。"

浅子总是爱穿胸前有皱褶的上衣,所以她胸前的肿块,一直隐藏在衣服下面让人无法察觉。

"天呀,这肿得简直像个大石榴一样了!头上变成紫色、裂开了!"

龟子被患处异常的模样惊呆了。乳房肿胀得像个熟透了的柿子,大小如婴儿脑袋一般。

"您干吗听之任之,发展到这步田地呀?"

"二十年前它就是个小包块,谁知突然长大了。这么多年了,我们一直相处得不错,应该没什么大问题。"

浅子不慌不忙。但她也感觉自己平时那浑身充满力气的劲头确实找不到了。龟子脑中预感到,这肯定是恶性肿瘤。

"我马上去给惠三打电话,我可等不及他回家了,以前一直都不知道您的病情,这真是我的失误。"

没过多一会儿,惠三跑回家来了。

"母亲,还是请个好大夫看一看吧。我在东京帝国大学医院有朋友,我马上安排。"

"帝国大学医院?那还得去东京呀?"

"是啊,您就当做休养一段时间,去那里住一下院,放松一下吧。"

"作为女儿,这次我可不允许您再固执了,您住进医院里去好好检查一下吧!"龟子以严肃的口吻说道。

"真没什么大事,我自己知道没事,不就是个拳头大小的肿块吗。"

"您别总说得那么轻松啦,什么长在自己胸口上,自己每天能看见之类的。"

浅子隔着上衣轻轻按了按自己的乳房,这个肿块已经长了二十多年,刚开始时挺小的,浅子一直认为是肺病钙化留下的痕迹。

浅子的稿子告一段落后,起身来到东京,住进了东京帝国大学附属医院近藤外科。此时浅子刚刚迎来六十岁生日不久。她本想一个人去,可惠三和龟子非要陪同前往。

东京帝国大学的近藤教授进行了非常细致的诊察后指出,必须尽早实施肿瘤摘除手术。

"您的病没什么大不了的,但还是下决心做掉,会好得快些。借这个机会,您也让我们留下尽尽孝心吧。"

看着龟子尽量装出意气风发的样子,浅子心里已经做好了思想准备,她知道自己的病情一定不容乐观。

"帝大是我的母校,熟人很多,我全都安排好了。现在西洋医学传入我国,外科的进步尤其显著,近藤教授的手术水平,可是全日本第一的。"

惠三也不断鼓励着浅子。平时少言寡语的惠三,突然间变得滔滔不绝起来,这让浅子很是不安。

"是不是变成恶性的了?你们要告诉我实话!是乳癌吧?"

浅子从气氛中感觉到,他们在故意隐瞒着什么。即使是很难治愈的病,她也不喜欢逃避。

"近藤教授说了,做这样的手术,比坐火车还容易呐。你们没必要这么担心!"

浅子反过来嗔怪龟子。

"十成的病,能治好八九成也不容易了。我这辈子干了不少事,感觉自己比别人多活了好几倍,知足了,也没什么可后悔的。"

浅子爽快地说道。

"像妈妈这样顽强的人是死不了的。是不是,惠三君?"

龟子只好求助于丈夫惠三了。

"可不是!我们拜托拜托沃瑞斯,请他向他布教的基督教祈祷,保佑妈妈早日康复吧。"

"我的瘤子长得这么大,被求到的神得多么为难啊!"

浅子不太喜欢遇事靠神助的想法。

近藤教授的诊断结果是,病灶一味向表面发展,向内部的侵蚀应该反而少了。当然,不切开看一下是不能确诊的,如果病灶并没有扩散的话,应该是存在获救概率的。作为医生还是抱有很大希望,并没有放弃。

浅子的内心没有丝毫的动摇。在加岛屋处于逆境时,浅子是在地上爬着挺过来的。这次只不过是一己之身的病痛而已,对浅子来说,心理上没有任何压力,很是放松。

"大夫说,做完检查后,马上就可以做手术。"

"我做好思想准备了,剩下的,就听天由命吧。"

浅子把惠三叫到身边,交代清楚了工作上的所有事情。这样,即使万一出现了情况,她也不会留下任何令自己担心的遗憾。

"手术定在什么时候了?"

"听说定在后天了。"

"是嘛。那好吧,趁着明天和大家见见面吧。"

第二天,娘家三井家的亲属们出现在浅子的病房中。小藤也从大阪过来了。虽说是手术的前一日,但浅子与小藤和龟子夫妇一直畅谈到深夜。其后,龟子和衣躺在了陪住的小床上,但怎么也无法入睡。浅子已经响起了均匀的细鼾声。眼看着天快亮了,龟子才蒙眬睡去。

"这一夜睡得可真香啊!很久没睡得这么踏实了,总是忙忙碌碌的。"

龟子被浅子的声音唤醒了。

"龟子,今天我该做手术了,万一我有什么事,加岛屋可就拜托你们啦!"

"妈妈如果不活得再长一些,我们可不答应!您不是总说要活到七十多岁的吗?"

"知道啦!放心吧!"

浅子以淡泊的心态进入了手术准备室。在那里,浅子与近藤教授进行了简短的对话。

"您不用担心,咱们就是把没用的东西迅速摘掉而已。"

教授不想让患者有任何的精神负担。

浅子上了手术台。只吸入了八克的麻药,浅子就陷入了昏睡状态,而标准剂量需要二十五克。由于浅子的意识中没有任何的抵抗,她全身心地把自己的身体交给了大夫,所以神经很快就麻痹了。

当麻药逐渐赶走浅子的意识时,以前挂在心上的云呀、雾呀都散去了,浅子心中感到从未有过的晴朗。浅子仿佛进入了一种万事不惧的超脱境地。

连翘花开

浅子觉得,迄今为止自己已经三次起死回生了。第一次,是在加岛屋最艰难时期得的那场肺病;第二次,是被万屋刺伤的事件,第三次,是这次的乳癌发作。

近藤教授亲自执刀,把癌疾连根切除,手术非常成功。

出院后,浅子没有马上返回大阪,而是在小石川的三井家住了一段时间。术后仍需去医院复查几次,住在安藤坂的三井家会比较方便。

寿天子不辞劳苦地照顾着术后的浅子。

"听说那个癌块挺大的呢,切除后,我的胸部都变薄了。听说我们加岛屋的晚辈们觉得这次我肯定挺不过去了,连后事都开始安排了呢!"

浅子半开玩笑地调侃道。

"谁把这些事都告诉您了,真是太失礼了。"

"是你家夫君,我那干侄子呗。"

"是他呀?那真对不住您了!"

"这没什么,我和高景一直就是无话不谈,我们之间没什么好隐瞒的。别看论辈分我算是他姑姑,可我们的感情比一般的亲姐弟还亲呢。"

"手术做得这么成功,真是太好了!您多吃点有营养的东西,早点好起来吧!"

"我也算是个运气很强的女人啊!"

三井家把位于二楼的一间阳光最充足的房间腾出来供浅子养病。在那个房间里,可以俯视整个庭院。椿树花已经开始谢了,水仙花上挂满了含苞欲放的花蕾。

在庭院的另一角,盛开着一簇鲜艳得耀眼的花朵。黄色的小花簇拥在一起,熠熠生辉。正因为有了它们,整个院子的亮度都提升了。

"寿天子,那些是连翘花吧,又鲜亮又秀丽,真是好花啊!"

"那花,现在开得正好呐!每年它的花株都会增多,估计哪天会开满整个园子呢!"

"它的生命力可真旺盛啊!连翘,翘望。有人告诉过我,说它是代表着希望的花。"

"噢,是吗,这花倒还真是给人一种这样的感觉呢。"

"真好啊,你看它一根枝子上就生出无数的小花朵。"

"是啊,您细看它的每一朵小花,都是那么的玲珑可爱呢。"

寿天子从另一个房间拿过来一个细长的花瓶,里面插着几枝连翘。

"连,是连接的意思。寿天子,你仔细看看,这些花朵排在一起的样子,多像鸟儿张开尾部羽毛展翅欲飞的样子。所以,它才叫连翘的吧?"

"这么说来,这花也有着燃起希望起飞的意思啦。"

"样子也好,名字也好,意思也好。连翘的季节来了,真正的春天就要到了。活着本身,竟然如此的炫目,如此的有意义。我们能受到花的启发,真是太好了,寿天子!"

浅子细细品味着再一次越过死亡关口的幸福感。

"你看这花的花枝一旦延长垂到地上,就会生出新的根来,这样花枝就会不断繁殖下去。"

"生命力可太强了!"

像这样悠闲地观赏、感受鲜花之美,可是之前从未有过的事情。

"你不是说今天有樱枫会的聚会吗?"

寿天子一直担任着日本女子大学樱枫会的召集人。她还捐赠了家政系料理实习时使用的餐具等,为女子大学殚精竭虑。

"我没事儿,你尽管出门去。"

"下午两点才开始呢,上午留在家里没问题的。"

"今后,我去女子大学的频率也会提高的,我想多听听成濑先生的演讲,所以加岛屋还是在东京有一个别墅更方便些。"

"您什么时候都可以住在三井家。"

"寿天子你的好意我心领了,但将来,龟子的孩子们没准儿还会到东京来读书呢。"

看来这次是起了在东京建别墅的念头了。

"您还是先好好静养吧,等您身体恢复了再考虑这个问题也不迟。"

"在东京最好的地段,建一座三层的摩登别墅怎么样?为了让孙儿们能有游戏的地方,院子里要铺满草坪。我决定,这件事也交给沃瑞斯来设计。"

对于寿天子的担心,浅子好像没听到似的。身体不能动的时候,脑子往往反而转得更快。

"我觉得麻布一带就很不错,外国人的洋房也很多,是个高雅、优美的地段,今后一定要把孩子们培养成国际型人才啊。"

"您可真是立竿见影!"

"寿天子有寿天子的做法,我有我的办事方法。樱枫会,可就全拜托你了!"

从日本女子大学建校起,已经快过去十年了。在此期间,寿天子始终如一地对女子大学做着贡献。就连樱枫会馆,也是寿天子积攒起自己多年的零用钱,捐助建造的。

已经去到楼下的寿天子,突然又折返回二楼。

"大阪那边来电话,说加岛屋本家叔叔去世了。"

"正秋吗?真难以置信,怎么这么突然!"

浅子下楼拿起电话听筒,是小藤。

"我刚从医院回来……龟子还在医院呢……正秋他,傍晚时候突然倒下,刚才去世了。"

小藤的声音断断续续,几次哽咽说不下去,只这几句话就花了很长的时间。

"您刚刚做完手术,身体还很虚弱,就不要赶过来了。这边,惠三会处理好一切。"

电话挂断了。

"寿天子,正秋是替我死的呀。真的,原本先死的应该是我。"

对于信五郎唯一的亲弟弟之死,浅子感到莫大的悲伤,那种感觉甚至超出了自己的亲骨肉。

"我必须马上赶回大阪去。"

虽然小藤说了身体虚弱不要回来之类的话,但浅子实在不忍不去参加正秋的葬礼。成为加岛屋嫡系传人的正秋,作为加岛屋多元化经营的核心人物,为加岛屋做出了巨大的贡献。浅子的脑海中不断浮现出与正秋一起艰苦拼搏时的一段段回忆。

"正秋,你干吗走得那么急啊!"

虽然人死不能复还,但浅子还是禁不住埋怨起正秋来。信五郎死后,浅子一家的大事小情都是找正秋商量的。

"我给樱枫会打个电话请个假,也给我丈夫打个电话,我陪您一起去大阪。"

寿天子赶紧让女佣帮浅子做去大阪的准备。

"本该死去的我获救了,本该活下来的正秋却死了,人生真是无常啊!"

浅子拖着术后的病体,开始做出门的准备。她与寿天子一道登上了去往大阪的火车。

正秋的猝死,给了浅子很大的打击。虽说三次跨过了生死线,但自己的寿命还有多长,没有任何的保证。浅子想,一定要在有生之年,完成自己最后想做的一件事。

加岛屋的事业已经坚若磐石。对于慈善事业和社会贡献事业,浅子毫不吝惜地捐出很多赞助金。

"加岛屋就像栽着一棵摇钱树,那树轻轻一摇,黄澄澄的金子就涌出来了。"

有人这么形容加岛屋。

"您说得没错!加岛屋确实有棵摇钱树。现在无论遇到什么情况,我们都不会缺钱花。但这棵摇钱树,是我们拼着命、流血流汗才得来的。"

浅子会这么回答。

说实话,到了今天这个地步,连浅子都无法掌握加岛屋财富的全貌了。即使问她加岛屋到底有多少财产,她也不确信自己是否能回答正确了。

"我给你三百万吧,那是我的零花钱。"

遇到那些招人讨厌的亲戚厚着脸皮使劲儿打听时,浅子会这么爽快地答复他们。对方往往是被吓破了胆,连嘴都不听使唤了,觉得浅子是在戏弄他们,总是很愤慨。而浅子觉得自己讲了真话对方却不信,也只好放弃了。本来嘛,总算计别人口袋里的财产多少,是很卑鄙可耻的行为。

一味追求经济效益的话,人有时会感到十分空虚。当事业功成名就后,浅子又想起了涩泽曾说过的应培育下一代理想人才的话。浅子想趁着自己的有生之年尽快多做一些培育人才的工作。

此时,一个喜人的消息传来,井上秀马上要从美国留学归来了。浅子高兴地盼望着阿秀的回归。

阿秀是日本女子大学的第一批毕业生。三年后,她进入哥伦比亚师范大学专攻家政学。第二年,又到芝加哥大学学习,从社会学、经济学的角度研究妇女的各种问题。她走访了美国东部女子大学,又遍访英、德、法、俄各国,考察女子教育的实际状况及家政学教授的现状。回国后,她将担任日本女子大学的教授,讲授家政学课程。

过去,曾经像女儿一样被浅子疼爱,还被浅子带去九州煤矿的阿秀,正如浅子所预料的那样,马上就要学成归国了。

浅子策划,待阿秀回来后,将在御殿场的别墅里召开夏季讲习会。虽说想培育更多的女子,但女子高等教育机构已经存在,靠浅子个人力量所能做的,无非是不拘形式、自由讨论的研究小组而已。大家一起吃住,不是学习书本上的死知识,而是掌握些实用的学问。借用福泽谕吉派的话来讲,连共同生活中的扫除和洗衣,都是有实用性的学问。

由于是第一次实验,浅子想将参加者控制在最小范围内,使大家有机会进行一对一的对话。对象人员只限于亲戚和熟人的几名女子。随着次数的增加,再逐渐扩大至请加岛银行、大同生命等事业相关部门的女子们来参加。

龟子、木下栅子、米子姐妹、井上秀、经阿秀介绍希望参加的爱知县女子师范生市川房枝、安中花(村冈花子)、小桥三四子(新闻记者)、小藤的女儿松井茑子,还有三井家包括寿天子在内的三位女子,外加作为讲师的宫川经辉牧师及与其同来的五名女子。

第一届御殿场二冈夏季讲习会正式召开了。

浅子以"理想的女性"为题,就女性的向上进取阐述了自己的观点,其间加入了很多复兴加岛屋时的艰苦创业的故事。由于是亲身体验,所以讲话内容十分吸引人,全体人员都忘记了时间,听得很入迷。

宫川牧师以"信仰的必要性"为题进行了阐述。井上秀从专业的角度论述了几个国家的女性现状。寿天子以"西洋料理研究"为题讲了一堂课,下课后还进行了现场实习,令参加者们感到兴致勃勃。

在参加者中,年龄最小的是十三岁的木下栅子,她是浅子母亲亲戚的女儿。浅子对栅子及第一次见面的市川房枝二人特别留意。她很欣赏栅子的聪明伶俐及房枝的爽快性格。

无论是准备餐食还是扫除,都要由大家共同完成。浅子给每个人都分派了任务,让每个人都承担起责任。对年少的栅子和初次见面的房枝,浅子也毫不客气地安排了工作。不可思议的是,在共同生活中,每个人的个性逐渐浮出水面。浅子细心地观察着,希望从中找出第二个阿秀来。

栅子是从京都鸟丸的自己家中过来参加的。能利用暑假离开家,在富士山脚下的广袤自然中生活一段时间,令栅子兴奋异常,所以时常忘情地喧闹起来,被姐姐米子训斥了好几回。

为期一周的讲习会结束了,大家决定一起做个大扫除。

"栅子、房枝,你们俩负责把厨房水槽前的地板好好擦拭干净! 要使劲地搓,直到地板变白了为止。"

地板上的污垢,需要用碱水仔细擦拭。浅子把炊帚递给两人。

"好,咱们快动手干吧!"

房枝率先行动了。只见她从厨房的一个角落开始,顺着木板的纹路使劲地擦了起来。别看她看起来瘦骨嶙峋的,腕力还真不小。地板一点点变得干净起来。

"我这把炊帚都磨成什么样了,用这个根本擦不了地!"

栅子说着,把浅子交给她的炊帚一下子扔到了外面。

"哎,你干什么呢? 不许你这么糟蹋东西!"

此情景正好被浅子看见,她对栅子训斥道。

"您给我的这把炊帚,根本没法使!"

栅子鼓着腮帮子,生气地说道。

"说句不好使,就随便把东西扔掉怎么行呢!这把炊帚,是为了服务于我们才把身体磨短了,我们不能忘了感恩啊!"

"您这么说啊。"

"栅子,只动嘴是不行的。一个人如果想修行,是必须动心思把那些貌似不行的事情想办法做成才行。你看房枝用的那把炊帚,也是磨损得很厉害,房枝不是照样用它把地板擦得很干净吗?"

栅子大概是在优哉游哉的环境下长大的,并不善于观察别人的脸色。只见她噘着嘴走到外面,从地上捡起那把炊帚。

"你最好闭嘴,抓紧干吧,你怎么总挨说呀。"

房枝蹲在栅子旁边低声耳语道。

浅子自己也不偷懒,认真干活。别墅中最累的活儿要属打水。在厨房后门外挖有一口井,必须从那里打水后倒入厨房的大水缸里。本次讲习会总计十六个人,缸里的水很快就被用光了,所以一天中要打好几次水。

由于今天在搞大扫除,缸里的水更是下去得很快。浅子非常擅长从井里打水。她攥着把手转动辘轳,拴在很粗一根棕榈绳上的水桶一下子就滑落到水面上。用水桶汲水是有窍门的,浅子总能很轻松地让水桶与水面形成一个斜角,让水一下子灌满水桶。而别人试着干时,桶底总是浮在水面上,就是不肯沉到水中去。最辛苦的打水工作,浅子总是冲在前面。

扫除结束后,大家一起休息。寿天子切开从附近农家买来的甜香瓜,端到院子里的树荫下。这些瓜已经被吊在井中冰镇过了,清凉可口。三三两两,女人们纷纷来到了树荫下。

"我最爱吃香瓜了!来,大家一起吃吧!秀先生、房枝,你们也快点儿过来吧!"

浅子喊着还在房间里的两个人。

"栅子,你怎么不吃啊?我说了你几句,你还在生气呐?假如你是那把炊帚的话,你被人家那样粗暴对待,你也会很伤心吧?"

"我可不是炊帚。您上次还把我比作抹布呢。我,不喜欢。"

"噢,对了,说到将来进女子大学时,我是说过抹布的话。你记性真好,脑子真聪明!"

浅子稍稍表扬了一下栅子。之前浅子去栅子家时,曾谈到米子、栅子姐妹俩的教育问题。姐妹俩将来都想进日本女子大学。说话时,坐在一旁的姐妹俩的祖母正在缝抹布。

"是啊,就连抹布,如果只缝到一半也派不上用场啊。如果不缝只是块破布,还有破布的用途。半途而废最不好。

如果只上完女校就停止的话,简直就像是缝了一半的抹布。"

为了说服反对姐俩继续读书的祖母,浅子想出了这个最浅显易懂的比喻。这件事,栅子一直还清楚地记着。

栅子的心情稍稍变好了一些,她伸手拿起一块香瓜。

"吃这个瓜呀,可不能把正中间熟透的部分扔掉,那个有籽的地方最甜了,你要是把这个部分扔掉,简直就是在啃皮了。"

浅子又开始数落栅子。带籽的那部分瓜肉,又熟又甜。寿天子知道这一点,所以盘子里切好的瓜并没有把籽去掉。浅子连籽一起吃了下去。

"市川,你赶紧把秀先生带到这儿来!我还不知道你和秀先生到底是怎么熟识的呢。"

即使是对第一次来参加的人,浅子也是一视同仁。这也是加岛屋一代一代传下来的家风。在银两兑换商时代,有金钱进出的店铺当然戒备森严,但类似厨房之类的地方就允许过路人进来吃了饭再赶路,绝没有人会去责难。这种家风,在浅子这一代也传承下来。

"她从报纸上看到我从美国学成归国的消息,就跑到我家来见我了。"

阿秀回答道。

"你为什么跑到秀先生家去呢?"

"我听说井上先生走了几个国家,考察女子教育的现状,就特别想向老师讨教,所以跑到东京来了。"

"你为什么不事先写封信呢?这不是起码的礼貌吗?"

"我担心事先写了信,万一被拒绝了,我就失去这次机会了,所以我就舍身一闯了。"

"舍身一闯?真有意思!房枝啊,你和我还真有点像呢!"

对于浅子的每一个提问,房枝都回答得干净利落。既不拖泥带水,也不含含糊糊。聪明而又爽快的房枝,很快受到了大家的喜爱。

"听说你是在爱知师范读的书,你为什么想当老师呀?"

"我觉得老师这个职业,是一个塑造人的神圣的职业。另外,这还与我的私人经历有关。我的父亲总在家里施暴,虐待我母亲,从小看到这些我就发誓,我这辈子决不做在男人脚下哭泣的女人。"

"真是个争气的姑娘!虽然你的家庭谈不上幸福,但这种环境反而造就了你!"

"为什么呢?"

"正因为有了这样的父母,才使你对人生有了更深入的思考。这比那些舒舒服服长大的孩子要好得多。你可不能忘掉你妈妈,不,女人们的悲哀。这可以成为你思考如何提高女性地位的精神食粮。"

"明白了!"

房枝很纯朴。浅子的话,她都很认真地接受。浅子预感到,这个姑娘没准儿会成为超过井上秀的人物。

"把自己所遭受到的不幸、所吃的苦当做养料,看自己能爬得多高,这是决定胜负的关键。拿出十足的耐心努力积累,前面的道路必定为你打开。"

女子如果总是局限于小的自我,就会忘了从更大的视野看世界。浅子把曾在杂志上发表的、自己关于真我的论点讲给房枝听,希望房枝能克服利己主义,拥有更大、更真实、更接近普遍真理的人生观。

"如果总抱怨环境不好、条件不好而心生不满,这样的人是成不了大器的,为了让自己更深刻地认识社会,应该在恶劣的条件中学会吃苦耐劳。"

房枝身体一动不动、屏气凝神地听着。

"我想问房枝一个问题,你觉得你从师范毕业当了老师,就不会有像你妈妈那样的遭遇,就能幸福了是吗?"

"我的生活能独立,做教师这个职业还能继续学习下去,自己有了学问和教养,就不用成为男性的奴隶了。"

"你去找秀先生,也是希望将来你自己能过得好就满足了是吗?"

讨论集中到房枝身上。阿秀没有开口,坐在一旁静观事态的发展。

"你不能光想你一个人的事,而应该思考如何使日本所有的女子获得幸福、提高社会地位。志同道合的人们应该聚集在一起发起运动,不光是在家中,在外面的社会上也应该改变女性的地位,来一场女性的维新。"

"您是说女性解放运动吗?"

房枝的一句话,语惊四座。

"只是在理论上主张解放是没有力度的。首先,应该做出一个明确的雏形来。首当其冲的就是政治。在国外,女性也拥有选举权,她们可以投票选出自己信任的政治家。日本在这方面实在太落后了。"

明治维新后,都说日本在逐渐向文明国家过渡,但从女性的立场看,这种说法简直像是个谎言。作为女性运动的一环,必须掀起获得参政权的运动。浅子这样建议道。

"我们的理想,应该是依靠自己选出的政治家之手,实现女性地位的提高。不光如此,就像我当上了女性实业家那样,希望将来日本能出现女性政治家。那时,才算是实现了真正的女性解放。"

浅子的话,使房枝耳目一新,震动了她的灵魂。房枝受到了深深的感化。敲开井上秀家门的同时,她也受到了浅子的影响。

正是在这一时刻,市川房枝的心里埋下了将来从事女性运动的种子。与浅子的邂逅,给这名默默无闻的师范女生带来了人生的一大转机。

后来,房枝一度当上了一名教师。其后来到东京,在山田嘉吉、阿若夫妇的英语私塾里学习。在那里,她开始参加青鞜派女性解放运动,后又投身于获得妇女参政权的运动中去。从一名教师到一名政治家,房枝的巨大的转变得益于她与广冈浅子的相识。

与房枝同样受到浅子期待的木下栅子,从日本女子大学毕业后,到美国留学。因结婚而改姓竹内后也一直没有停止学习,撰写了家政学厨房设计的论文,后一直在大学里执教。

"加岛屋万岁"

在大同生命的董事会上,通过了公司迁址的决议。这项建议是由浅子提出的,全体董事一致同意,无一人反对。

大同生命的公司地址,在明治三十五年公司创立时就设在了大阪大川町,但浅子始终有一个想法,就是想在土佐堀川肥后桥前的加岛屋原址上建一座现代化的大厦。大厦的设计工作还是委托给沃瑞斯设计事务所。

当然,现在住着的加岛屋旧房需要拆除,里面的人员需要搬走。之前,已经在天王寺买下了一块二千多坪的土地,将在那里新建一所三层楼的属于广冈家的新住宅。

除大同生命的公司大楼外,准备在芦屋建造的龟子的森林之家、天王寺的广冈家,都是委托沃瑞斯来设计。沃瑞斯还接手了神户女学校和关西学院的设计工作,其才能受到了各方面很高的评价。

大同生命大厦的设计图绘制完成大约需要一年的时间。待设计有了眉目,惠三马上拿着图纸来找浅子。

大厦采用近代哥特式建筑风格,宏伟凝重。顾问由内藤多仲博士担任,施工准备交给竹中工务店。外立面的陶土及内装用五金件等,均从美国采购进口产品。该大厦预计将花费大约三年的时间才能竣工。

"真是座了不起的大厦啊,惠三!"

"设计方说,融入了妈妈提出的想法后,图纸就是这个样子。如果现在凑凑合合盖一个,很快又会不够用了。大同生命的发展速度真是惊人。所以咱们下决心盖一座有规模的、像样的大厦,对将来的发展一定有好处。"

"这楼盖好后,该是大阪第一的大楼了吧?"

"是呀,妈妈,加岛屋终于发展到今天这个地步了!"

惠三从浅子手中接过图纸。

"天王寺那所房子也得抓紧盖了。"

"天王寺那块地面积大,要比普通房子多花三倍的时间。我会让他们增加大工的人数,尽量加快进度。"

"哪个工程也不能发生事故,你们脑子里得有这根弦。"

大同生命大厦、森林之家、天王寺的广冈家,将前后脚同时开始施工。其中,天王寺的房子,已经率先动工了。在宽敞的建筑用地上,将建起一座别致的西洋式三层公馆。玄关的正面,有很大的前花园。它的旁边,靠南部分是一座日本庭院,面对着起居室的地方铺有一块大草坪,还有精心营造的各色园艺。为了便于欣赏四季鲜花,院子里还将修建一个温室。

房子盖好后,浅子、小藤及其子女、龟子夫妇及孩子们、执事秘书三人、女佣五人等大队人马将搬进来。待森林之家建好后,龟子一家再搬到那边去住。

龟子的长女叫多惠子,下面还有三个女儿和一个长子。小藤也有四个孩子,其中两个已经出嫁,只剩下长子松三郎和次女极子。

往天王寺新居的搬迁工作结束,转眼又迎来了新年,向浅子约稿的也是越来越多。浅子为杂志和报纸撰写了《年头初感》《我国妇女会及其救济》等文章。前年每周一期在报纸上连载的随笔《九倒十起的人生》将要发行单行本。出版社请浅子为该单行本写一个自传体的自序。浅子压缩部分睡眠时间,在灯下奋笔疾书。

"妈妈,咱们一起去麻布的别墅住住吧!您该休息休息了。您在大阪总写稿子,身体都该搞坏了。"

加岛屋建在东京麻布的别墅已经完工了。龟子计划等孩子们进入东京的大学后就到那边去住。

"去东京也闲不下来。我是自己给自己找事做,自己让自己忙起来的人。"

即使没人约稿,浅子也会忙活其他工作。浅子很清楚自己的个性。

"您为加岛屋已经干得太多了!现在上了年纪,您干吗不享享清福,过几天安静日子呢?您是不是不干点什么就浑身不自在呀,妈妈?"

龟子纳闷,为什么亲生母女的性格却这么截然不同呢?

"龟子你呀,像你爸爸,属于乐天派。而我呢,是三井家的女子,我的血管里流着殊法大姐头的血,我可是个闲不住的人。"

"即使咱们到了麻布,估计也是人来人往、电话不断,没个消停!总之,妈妈走到哪儿,您的周围就会围上来一群人。"

龟子甚至想,干脆住院算了,估计只有住院时才能让妈妈得到片刻的宁静。

"我从来就没觉得人多有什么可烦的,我从小就是在人口众多的三井大家庭里长大的,到加岛屋来后,这边也是人来人往、热闹非凡的。只有不断有人来,家庭才会兴旺啊!"

"至少等森林之家盖好后,您得去那里休息休息!"

"森林之家,我倒是真盼着看一看呢。"

"我有点担心那里的建筑费。真是比预计多了不少。"

在四万坪的土地上,要建一座六百坪的房子。土地已经顺利买下了,可眼看着建筑材料的价格在飞涨。

市面上,无论是期货大米还是现货大米都涨得没边,从零售价格来看,一元只能买到二升四合的二等米。木材等各种建筑材料的价格更是涨得厉害,这对建房子十分不利。

"你说什么呐?这点事怎么能难得住加岛屋呢!建大

同生命大厦,都是从美国进口的一等建筑材料,那价格可与日本的价格不可同日而语,还要高很多呢。"

无论价格如何上涨,相对于加岛屋所积聚的财力来讲,已经不会动摇分毫了。用浅子的话说,龟子的担心只不过是杞人忧天。

在二千余坪的土地上建造的天王寺新居、东京麻布的别墅、御殿场二冈别墅、为龟子建造的森林之家,从祖祖代代来看,加岛屋已经达到了最繁盛时期。事业上,加岛煤矿、加岛银行、广冈商店,还有与其相关的大同生命、尼崎纺织,都得到了长足的发展。

浅子每天可以安心地执笔。她凝神屏息,落笔有神,有时写得入迷,会一直写到天明。自己的作品能汇编成册,令浅子十分欣喜。她再次整理了一下随笔《九倒十起的人生》的文稿,想找机会出版。前面要加一个序文,她必须重新撰写。她构思了几个章节的标题:《少女时代》《嫁入广冈家》《奋然投身于实业界》《成为女子大学的发起人》《开始憧憬精神生活》等。

"妈妈,您别太累了!差不多就歇会儿吧!"

龟子还是很替母亲的健康状况担心,总时不常地劝阻一下浅子。迄今为止后背总是挺得很直的浅子,腰身逐渐下俯,有时精神不好时,后背还驼起来了。

"您身体感觉不好吗?"

"好像有点发烧。"

可发热一般持续时间不长,很快就退了。于是浅子又拿起笔来。这样的生活重复着。

森林之家,终于在六甲山麓、芦屋的一角竣工了。从全套家具到天花板上的枝形吊灯,都是从美国运来的。这座豪宅品格极高,绝不亚于连环画书上见过的那些外国城堡。

龟子一家从天王寺搬过来了。等安排就绪后,浅子到森林之家来做客。

"妈妈。您就把天王寺的家交给小藤打理,住到我这里来休养休养吧。"

"好吧,那我就盛情难却了。"

很罕见地,跟平时不一样,浅子很爽快地答应了。浅子的动作,已经不再像往日那么敏捷了。

"以前我还觉得自己比同龄人显得年轻,可最近动不动就感觉浑身乏力。话说回来,都已经是七十岁的人了,这也难怪。"

龟子找惠三商量。

"要不然,还是让妈妈到帝大医院住院,请医生给看看吧。"

可一提到住院,浅子又振作起精神,不想住进去。

森林之家的清晨,以小鸟的鸣叫声拉开序幕。窗外的小鸟吱吱地叫着,浅子早早地就醒了。在被绿色环绕的清新空气中,浅子感到自己多少恢复了一些健康。

沐浴着从树叶的缝隙中泻下来的一缕缕阳光,浅子漫步在林荫道上。她觉得自己这辈子从未这么悠闲地、漫无目的地走过路。说是要花三年时间才能竣工的大同生命大厦也快要竣工了。浅子决定去出席竣工典礼。这样一来,对于加岛屋的事业就没有什么可牵挂的了。浅子一边感慨,一边在林中漫步。

"今天早上,我走到森林的深处去了,他们修那条路可真不容易。太阳从树与树之间升起来,天空可美了!"

"是啊,这房子盖在环境这么优美的地方,真是难得!这都是托您的福!我家孩子们来到这里体格也都变得健壮了。"

龟子也变得比以前生机勃勃了。

"刚开始我还觉得这房子太大了,可惠三接连不断地把客户请到这里来,就是两三百人的聚会也能在家里开。幸亏这房子建得大!"

森林之家的一层是玄关、门厅、会客室、会议室、大厅等,这些空间几乎都是为来客准备的。二层住的是惠三夫妻,三层是孩子们的房间,服务人员的房间分布在他们所负责的各个楼层。

"唯一不便的,是走廊太长,走起来很累,有时迷路了,都走不回来了。"

"你这可是奢侈的烦恼啊!"

龟子假装生气地瞪着眼。

"下个月,终于要迎来大同生命大厦的落成典礼了,还有十天,真盼着快点到啊!"

"大家都说是从未见过的、集现代化于一身的大楼,肯定会成为大阪的一道风景!啊,妈妈,您怎么了?"

坐在椅子上的浅子,身子突然向前一歪,倒下了。

"糟啦,头好烫啊!"

司机马上把车开过来,浅子被紧急送往芦屋的医院。医生说需立即住院,马上安排浅子住进了特等病房。经医生诊断,这次并不是肺病或乳癌的再次发作,而怀疑是肾功能障碍。待体力稍加恢复后,再进行更加精密的检查。

打了几天点滴后,浅子的身体稍微有了一些恢复的征兆。

"照这样下去,我可以去参加大同生命大厦的竣工式了。"

浅子说道。龟子不同意妈妈外出,她觉得妈妈需要静养。

"您能不能静下心来好好养病啊,我绝对不允许您外出,那个竣工式妈妈即使不去也可以举行。"

"已经不用担心了,你看我多精神,连烧都退了。"

浅子想把去竣工式当天的车都提前安排好。

"您这样去参加真不知会发生什么事!您总这么好强,太让人担心了!"

龟子真急了,她想请惠三出面阻止妈妈,于是往公司打了电话。

"这是妈妈的好日子,我看,你还是让她去吧!"

惠三的回答与龟子的想法大相径庭。

"你说得轻巧,要是病情加重了,怎么办呀?"

"龟子,这次可能是我们最后一次尽孝的机会啦!"

"你说什么? 最后的……"

"妈妈的肾脏已经很弱了,即使短时间暂且恢复了,日子也不会太长了。医生是这么说的。"

"妈妈她……"

龟子茫然若失地站在那里。

"我去去就来。"

"你去哪儿?"

"我的妈妈,不能死! 我去找医生谈判。"

"你别不讲理了! 我也由衷地希望妈妈能治好。到这时候了,你就满足妈妈的愿望吧!"

龟子紧咬着嘴唇。涌上来的情绪,几乎快要变成抽泣了。在这种感情的旋涡中,龟子内心祈祷加岛屋的传承人能像不死鸟一样复生。

大同生命大厦的竣工典礼如期隆重举行。良辰吉日,天气也是格外的好,从早上开始就是一个爽晴天。只见该建筑物以玄关为中心,左右对称地向两边展开,等间隔排列的上部椭圆形的窗户是迄今为止在日本从未见过的,非常惹人注目。外观是沉稳的茶色。堪称大阪第一座庄重的现代化建筑。

对于把妈妈打扮得漂漂亮亮的惠三的说法,龟子已经不再反对了。

上午九点半,从芦屋开出的载着浅子的汽车抵达了会场。除龟子外,还有一名秘书也陪同前来。生病之事,依照浅子的意愿没有对外公布。为以防万一,惠三已经在会场不显眼的位置上安排好了医生和护士。

上午十点,落成典礼正式开始。

浅子身着带金丝线、黑蕾丝的豪华长连身裙,胸前戴着胸花。她那一头银发与黑裙正好相配。浅子与大同生命社长、竹中工务店社长、来宾代表等一起,参加了剪彩仪式。看到浅子的脚步迈得有条不紊,龟子稍稍放宽了心。

剪彩后,落成典礼按照来宾祝词、大厦到落成为止的建设过程说明、功劳者表彰、大同生命社长致辞的顺序进行着。正如惠三所说,今天对妈妈来讲是个荣耀的舞台,浅子作为功劳者受到了表彰。颁发完表彰状和花束后,浅子登上讲坛致辞。

"不管遭遇到什么样的困境,我都把它当做是对我的正式考验来对待。我一辈子都以年轻人的干劲在从事我的工作,今后我也会为了加岛屋,为了大阪的实业界,以更加火热的热情投入到工作中去,今天真太感谢大家了,今天真是个喜庆的日子!"

浅子在致辞的最后进行了这样的总结。回到休息室,坐到沙发上,她的身子深深地陷入沙发中,失去了知觉。

"妈妈,您振作起来!"

龟子跑过来,赶紧呼唤医生。

救护车赶到,浅子身上还穿着黑色长裙,就被送进了大阪医大附属医院。

小藤、惠三、龟子和孩子们,一直等在等候室中。小石川三井的寿天子也从东京赶来了。

龟子还联系了浅子喜欢的井上秀和市川房枝。

"妈妈,阿秀和房枝来看您了。您要振作起来,这才是对您的正式考验。"

龟子在妈妈耳边鼓励道。浅子微微地睁开了眼睛。

"阿秀……房枝……"

"阿姨,我是秀,您认出我了吗?"

"先生,我是市川房枝。"

浅子伸出手,两人紧紧握住。

"你们要努力啊!"

长时间昏迷后,浅子苏醒了,仿佛一瞬间恢复了意识。

"日本女子大学的事,我不担心,秀一定会处理好的。"

"妈妈,您有什么话要交代吗?"

龟子问道。

"我平时讲的话,都是遗言。我没什么可说的了。"

浅子的脸颊上升起一丝淡淡的红晕,可以看出,浅子在尽量燃尽最后一丝生命之火。

"加岛煤矿、加岛银行、广冈商店,还有大同生命、尼崎纺织。"

这些与加岛屋息息相关的事业,都被浅子悉数点了出来。

"天王寺的家,芦屋的森林之家,麻布的别墅,御殿场的别墅,加岛屋万岁!"

最后这句话的声音之大,吓了所有在场的人一跳。

龟子抑制着哭声,说道:

"是啊,加岛屋万岁,来,咱们大家一起来喊万岁吧。"

龟子想,没有比这句话更适合装点母亲最后的时刻了。

阿秀在床侧往后退了一步,站在那里。房枝将从鼻梁上滑下来的眼镜扶正,端正地站在那里。

"寿天子、惠三、小藤也过来!"

高景已经去世了,寿天子一个人过来的。

"小藤,真好啊,松三郎的媳妇也定下来了。"

"谢谢!"

小藤已经说不出话了,只是不停地流着眼泪。

小藤的长子广冈松三郎,决定娶泽田廉三的妹妹贞子为妻。廉三是岩崎弥太郎的孙女美喜的未婚夫。如果这两桩婚事成就了,加岛屋就与岩崎财阀搭建起了姻亲关系。

"加岛屋万岁、万岁、万岁!"

泪如雨下,已经谁都顾不上去擦了。

浅子再次陷入了昏迷状态。

大正八年一月十四日,浅子像熟睡一样停止了呼吸。

虚岁七十一岁。

浅子的追悼会,在东京和大阪盛大举行。生前,浅子曾执笔的《家庭周报》快速编辑、出版了《广冈浅子追悼号》。另外,樱枫会干事长井上秀写了《频频到来的死的教训》,日本女子大学第二任校长麻生正藏写了《回忆广冈浅子女士》,大隈重信写了《天性伟大的广冈夫人》等追悼文章。

令人称奇的是,在浅子去世仅仅两个月后,与她共同创建女子大学的同仁成濑仁藏也离开了人世。

在龟子居住的森林之家里,供着浅子的遗像。龟子在宽敞的庭院里,种上了浅子最喜欢的连翘花。它每年都会绽放出无数朵黄色的小花,告知世人真正春天的来临。院子里一片金黄,那正是加岛屋繁荣的色彩。

"你们要努力啊!"

龟子凝视着微笑着的浅子的遗像,仿佛妈妈一直在嘱咐着这句话。